和妈妈告别前的41封信

〔韩〕李花儿◎著　　曹梦玥◎译

慢递邮箱

北京科学技术出版社
100层童书馆

目录

01 写给自己的一封信　　　　　　　1
02 致奇怪姐姐的一封信　　　　　　5
03 写给小不点　　　　　　　　　　9
04 还是写给小不点　　　　　　　　11
05 写给姐姐　　　　　　　　　　　13
06 写给生活在过去的小不点　　　　16
07 还是写给生活在过去的小不点　　17
08 写给可怕的姐姐　　　　　　　　20
09 写给撞大运的恩佑　　　　　　　22
10 写给来自不可思议的世界的姐姐　26
11 写给正在见证奇迹的恩佑　　　　28
12 写给来自未来的小朋友　　　　　30
13 写给这位正无地自容的朋友　　　38
14 写给要和我一起"干大事"的妹妹　46
15 写给过去的你　　　　　　　　　53
16 写给恩佑　　　　　　　　　　　58
17 写给来自过去的你　　　　　　　60
18 写给未来的恩佑　　　　　　　　65
19 写给同名的姐姐　　　　　　　　73
20 写给带给我苦痛和磨难的恩佑　　83
21 写给真的很对不起的姐姐　　　　88

22 写给我最信任的妹妹	95
23 写给经历了神奇的一天的姐姐	106
24 写给生活在未来的妹妹	113
25 写给令我感激不尽的姐姐	118
26 写给做得没错的妹妹	134
27 写给来自过去的姐姐	145
28 写给可怜的妹妹	150
29 写给我百分之百信任的姐姐	155
30 写给担心我因而让我很感激的妹妹	162
31 写给来自未来的妹妹	167
32 写给沉浸在幸福中的姐姐	172
33 给恩佑的信	176
34 写给恩佑小可爱	181
35 写给不是阿姨的姐姐	185
36 写给我的妹妹恩佑	188
37 写给想知道到底发生了什么的姐姐	190
38 写给在未来等我的妹妹	197
39 写给来到了21世纪的姐姐	203
40 写给女儿	211
41 没能寄出的信:写给恩佑	220
写给所有人的一封信	226

写给自己的一封信

这封信是在爸爸的"逼迫"下写的。

从几天前开始,爸爸就一直念叨这里有"慢递邮箱",要拉我一起来。我拗不过他,今天终于随他来了。要跟他一起过周六本就让我很是恼火,结果不会开车的他,还一大早拉着我来到这么偏远的地方,简直是火上浇油。

人们常说,如果一个人开始做一些他平时不会做的事情,那就是他的"大限"快到了。不过在我看来,爸爸可不是这样。他盼结婚盼了那么久,眼看就要心想事成,怎么会允许这种情况发生呢?

而且,我真的搞不懂,爸爸到底为什么突然让我写信啊?他没头没脑地把信纸和信封塞到我手里,还另坐一桌跟我保持距离,真是莫名其妙。

身处风景如此优美的海边,我却只能坐在咖啡馆里写信……现在我最需要的不是难喝的红薯拿铁和信纸,而是一台画质绝佳的照相机!好可惜,我只有一部旧手机,没办法留住眼前美景的本真。

爸爸真的觉得"给一年后的自己写信"是一件多么了不得的事情吗?只是写一封信而已,能改变什么呢?假若一年后真的有机会看到这封信,我一定会说:"写信是这个世界上最愚蠢的事情!我是被逼的!"啊,我的胳膊好酸……

呃……啊!

爸爸刚朝我招了招手!他到底想干吗?真是让我尴尬啊!要不给他发条短信息?

"我们还是装作不认识吧!"

算了算了,这让他怎么回复?

"没看到我正忙着写信吗?不要打扰我!"

我这样说的话,他应该能明白我的意思吧?

近来爸爸脸上总是洋溢着幸福,每天像丢了魂一样傻笑个不停。可不是傻吗?他完全被那个女人迷住了。他四十四岁了,已经不适合开启新的人生阶段了,就维持现状不行吗?我一直想说服他等我满了二十岁再结婚,可他就是听不进去,说什么到那个时候就太晚啦,还说我现在正是需要妈妈的年纪……十五年来我一直都没有妈妈,不照样过来了,为什么现在他突然觉得我需要妈妈了呢?我看他不过是迫不及待地想结婚,拿我当借口罢了!

每当这时,我就会对妈妈心生怨念。不过,这么说其实很可笑,我对妈妈一无所知,有什么资格说怨她呢?以前不管我怎么问和妈妈有关的事情,爸爸都避而不谈,现在他又说我需要妈妈,真是可笑!

最近每次看到爸爸,我都觉得他很虚伪。往年我们从未有过新年旅行,今年他却突然扮演起了好爸爸的角色,想来是因为那个女人更想要一个同女儿相处融洽的丈夫吧。呵,光是想一想那个女人我就觉得讨厌!她每天一副目中无人的样子,只在爸爸在场的时候摆出假惺惺的笑脸。这样一个"两面派",居然要成为我的新妈妈了!

我的心情坏到了极点。我现在终于明白人们为什么在烦透了的时候会说"心情像麦芽糖一样"了。麦芽糖粘在手上黏糊糊的，很容易沾灰尘，用纸巾擦也不管用，只能用肥皂洗掉。此时此刻，我的心情正是如此。然而，这一切烦恼的源头——我的爸爸，却像吃了糖一样，每天过得甜甜蜜蜜的，对我的恼火一无所知。爸爸此时此刻应该觉得很幸福、很甜蜜吧？平时只喝美式咖啡的他，点了一杯甜甜的焦糖玛奇朵。

我只需要再忍耐一年。当你——一年后的我——收到这封信的时候，一切肯定都发生了变化。那个女人就像一朵在我和爸爸之间肆意生长的毒蘑菇，在这一年间不知道会变成什么样子。你千万不要上当！你要讨厌她！就算她用那套骗过了爸爸的手法来扮演妈妈的角色，你也绝对不要被她蒙蔽了。你收到这封信后，就把手机留在书桌上，收拾好行李安静地离开吧。希望你的想法和我一样。

给一年后的自己写信的恩佑
2017 年 1 月 2 日

02

致奇怪姐姐的一封信

姐姐,你好!

这封信不知怎么寄到了我家。我的母亲说过不能随便看别人的信件,但是我以为这是写给我的信!

如果姐姐跟在信里一样,在信封上也写明这封信是写给你自己的,就不会产生这样的误会了。但是,你在信封上写的是"恩佑(收)",这就不怪我会搞混了,因为我的名字也是恩佑呀!虽然把信拿给别人看可能会让姐姐生气,但读完信后,我还是赶紧把它拿给母亲看了,因为姐姐的信实在是太奇怪了!

照母亲的话说,姐姐很可能精神不太正常,也没准是个间谍,信中那些奇奇怪怪的话就是证据。

母亲说,没有哪个女儿会在信里骂自己的父亲,况且这个女儿还想离家出走,她分明就不正常嘛。

妈妈母亲说，如果有人辱骂自己的父母，那就相当于躺着朝天上吐口水——口水终究是会落到自己脸上的！

我只告诉姐姐一个人哟，其实听了母亲的话之后，我有点好奇，就真的试了一下躺着吐口水。我本以为吐的时候稍稍扭头的话口水就会落到地板上，谁承想真的落到我脸上了！就像姐姐在信中写的那样，当时我的心情就像麦芽糖一样！

妈妈母亲还说，世界上根本就不存在什么"慢递邮箱"，更不会有投递了一年才送达的信件。大家都想要信快点送到呀，怎么会有人希望慢慢地送呢？我觉得母亲说得很有道理。

姐姐真的不太正常吗？或者真的是间谍？

母亲说姐姐有问题，让我绝对不要给你回信。可是，我真的太担心你了，所以还是写了回信。姐姐的爸爸是要再婚了吧？你心里该多难受呀！我是珍河国民学校三年级一班的学生，姐姐要是实在难受，就来这里找我吧！

还有，我真的很好奇："咖啡馆"到底是个什么东西呀?"焦糖玛奇朵"和"美式咖啡"又是什么呢?不过,如果这些都是间谍之间的暗号的话,那你还是不要告诉我了,我可不想被警察抓走。

哦,对了,差点忘了告诉你,今年是1982年,不是2017年。母亲之所以觉得姐姐精神不太正常,一个很重要的原因就是你把年份给写错了。

大家以为我已经睡了。他们不知道,其实我在偷偷给姐姐写信呢。听我的朋友们说,自从宵禁被解除,总是有一些精神不太正常的人在街上游荡,所以晚上绝对不能出门……

姐姐如果是个正常的人就好了,因为我们的名字是一样的呀。一想到这个世界上有个和我同名的人不太正常,我心里就有些难受。

为了给姐姐加油打气,我在信封里放了一枚五百元[①]硬币,这枚硬币可珍贵呢!姐姐应该知道,最近新出的五百元硬币比一百元硬币和十元硬币大多了,上面还有一只漂亮的仙鹤呢。我从没想过会有这么大、这么亮的硬币,所以父亲把它送给我的时候,我觉得可新奇了!父亲说这是一枚幸运硬币,只有我一个人

[①]本书中所有作为货币单位的"元"均指韩元。——编者注

有。希望它能给姐姐带来好运。

就写到这里吧！再见！

恩佑　敬上
1982年7月6日

写给小不点

喂,你是谁?怎么会看到我的信?

别说什么信送错了之类的话,从实招来吧。我那天明明把信投进了"慢递邮箱",它应该在一年后才送达,为什么两周之后我就收到了回信?而且,你家的地址跟我家的地址完全不同。是你从"慢递邮箱"里偷走了我的信吧?我绝对不会原谅你!我要给"慢递邮箱"的运营公司打投诉电话!我一定要抓住你这个小偷!

私拆他人信件属于犯罪行为,你似乎并不清楚这一点。你该不会想着要辩解说"我只是个小学生,我什么都不知道"吧?有偷别人信的工夫,还不如好好学学语文呢。你的语文一定很差劲,从回信的字迹和拼写就能看出来。

还有，回信的内容一看就知道是骗人的。难道你说自己生活在1982年，又送我一枚五百元硬币，我就会相信我收到的回信真的来自过去吗？我即便现在打开零钱包，也能马上找到一枚发行年代更加久远的硬币。你说你在珍河国民学校读三年级对吧？我现在就去你们学校的网站上发帖子，你等着瞧吧。

还是写给小不点

哎,我现在也有点搞不清楚是怎么回事了。我上网搜索"珍河国民学校",结果只能搜到"珍河小学"。我以为"国民学校"指的是那种跟"国立外国语学校"差不多的学校,根本没想到它原来是一个过去才用的名称。不过,编造一所现在不存在的学校想必也不是什么难事。

我虽然嘴上这么说,心里还是有点打鼓,于是上网查了一下,原来五百元硬币真的是1982年开始发行的。好吧,这一点我承认你说的是真的,我收回之前说的话。

我在"慢递邮箱"的官网上留言,提出了自己的疑问。工作人员回复说,投进"慢递邮箱"的信件哪怕是江洋大盗也无法偷走,更别说小学生了。工作人员还解释说，邮箱是锁着的，只留了一个小小的投递口，并且投到里面的信件都会严格按照"一年后送达"的规定来处理。

我有些惊慌。

别的暂且不说，你到底是怎么看到我的信的？难道说它被我投进"慢递邮箱"以后，真的穿越到1982年，被送到了你的手中？然后你写的回信又成功地穿越到2017年，到了我的手上？

鬼才相信！

你到底是谁？为什么要开这样的玩笑？不管怎么想，我都觉得这件事说不通，所以你别白费力气了，我是不会上当的！

又及：虽然我不知道你是谁，但是开这种玩笑也太无聊了，所以你还是快住手吧。

05

写给姐姐

姐姐，你好。

我正在采集昆虫（这是我的暑假作业），突然收到姐姐的信，不禁惊讶地喊出了声，吓得刚捉到的知了也跟着叫了起来。已经过去这么久了，我都忘了这回事了，哪里会想到还能收到姐姐的回信！

其实那次给姐姐回信之后，我后悔了好一阵子。因为我把五百元硬币送给了一个不认识的人，妈妈凶了我好久，所以把信寄出后，差不多有一个月的时间，我每晚都在祈祷你能把那枚五百元硬币寄还给我。世界上怎么会有人忍心拿小孩子的钱呢？可两年过去了你都没有给我寄回来，现在还突然寄来一封信，说我是偷信的小偷。

没准姐姐看完下面的内容更不想把那枚五百元硬

币还给我了，但我还是忍不住要问：姐姐如今还是有点精神不正常吗？你在信中提到的网站啦、上网啦、小学啦，到底是什么东西？还有所谓的"慢递邮箱"，我可不想再看到这几个字了。

姐姐，请你清醒一点，听我说，现在是1984年，已经过去两年了，你怎么还认为自己生活在2017年呢？该不会一百年后，你还这样想吧？我现在已经是国民学校五年级的学生了，再也不是当初那个天真的小女孩了，那时的我还会为你担心，现在的我一听就知道你的话是真是假。

姐姐知道尤里·盖勒吗？据说他拥有超能力，能够不借助于任何外力，靠意念掰弯勺子或移动物体。我们班上有几个同学居然说自己跟尤里·盖勒一样，也拥有超能力。姐姐该不会像他们一样，认为自己能穿越时空吧？

我的老师说，尤里·盖勒其实是个骗子，所谓的超能力只不过是魔术师常用的障眼法罢了。难道姐姐也想跟我开这种玩笑吗？还是说姐姐因为煤气中毒而神志不清了呢？假如你真的煤气中毒了，我建议你喝点泡菜水试试看①。

总而言之,如果姐姐把那枚五百元硬币还给我的话,我就当这件事情没有发生过。

迫切希望拿回五百元硬币的恩佑　敬上
1984年8月8日

---
①韩国民间治疗煤气中毒的方法。——编者注

写给生活在过去的小不点

天啊,这也太吓人了吧?

你的信真的是从过去寄来的?你真的生活在20世纪80年代,而不是2017年?天啊,这种事情怎么会发生在我身上呢……

你真的以为我会这么想吗?嗤,别做梦了。

我是不会上当的。小心别被我抓到,不然我可不会放过你!

还是写给生活在过去的小不点

等等!

不太对劲!到底是真的发生了匪夷所思的奇异事件,还是有人在故意开玩笑?我越想越觉得有问题。

我认真地思考了一下。

最大的可能就是你其实不曾收到我写的信,你的信也不是写给我的,只是误打误撞被送到了我手上。但是,这种假设有一个漏洞,那就是你知道我信里的内容。从始至终只有爸爸知道我写过信,连他都不清楚信的内容,你又是怎么知道的呢?

第二种可能,就是你在耍我。但是,这种假设有着无法解释的矛盾:如果你不曾收到我的信,那么你是怎么知道信的内容的?如果你真的收到了我的信,那么我的信是如何被送到你手上的?我上网查了一下你家的地址,那个地方原先确实是住宅区,但是现在已经变成了公路,所以我的信是如何寄到你家的,是一个未解之谜。

要编造一个只存在于过去的住址,要查证五百元硬币的发行时间,还要遵照旧的拼写法写字……如此大费周章,难道你只是为了写信骗我吗?

可就算骗到了我,你又能得到什么好处呢?

退一万步讲,就算宇宙运行时真的出了程序上的错误,把我的信寄给了你,可你不是生活在20世纪80年代吗?你又是怎么把信寄给我的呢?

让我们再来理一理。你我二人正在通信,这是个不争的事实。然而,你说你生活在20世纪80年代,也就是说,如果我们两个人都没有说谎的话,那么我们之间正在发生一件不可思议的事情……

我们两个人的信真的冲破了过去和未来之间的屏障,跨越了时空……是这样吗?

这怎么可能?

我用我的命,不,我用我这辈子和下辈子的两条命来发誓,我真的没有撒谎,也没有开玩笑,我的精神也很正常。我的的确确依然生活在2017年，现在依然十五岁。

你呢？你敢发誓吗？

不管你究竟有什么企图，如果你在撒谎，那么请你住手。

我太亢奋了，手一直在抖，还是过一会儿再继续写吧。

现在我的心情还是无法平复。你如果看到了这封信，能不能立刻给我回信？只有这样，我才能进行下一步思考。

至于那枚五百元硬币，为保险起见，还是由我来保管吧。作为补偿，我给你寄一千元过去。这样是不是可以证明我的清白了？

请尽快回信。

百思不得其解的恩佑
2017年2月4日

08

写给可怕的姐姐

又是姐姐的信？为什么每当我快要忘记这件事的时候，姐姐的信就会出现？为什么要这样耍我？

姐姐在信中说，想知道我是怎么把信寄给你的，对吧？那我就告诉你，请听好了。

首先，写信；然后，把信放进邮箱；最后，邮递员叔叔把信送到姐姐家里。明白了吗？就算是没上过学的人，这点常识也应该有吧？

本来天气就热得让人烦躁，为什么老天爷还要让我收到这种奇怪的信啊？姐姐还好意思让我别开玩笑，你去大街上随便找个路人问问，看看他是觉得声称自己生活在2017年的人在撒谎，还是觉得说自己生活在1985年的人在撒谎。还有，你为什么不把那枚五百元硬币还给我？我不知道那五百元到底能在多大程度上改善你的生活，但我不相信你拿了我的钱还能过得心安理得。等着瞧吧。

还有，姐姐你也太"大方"了吧，居然给了我"一千元"，我可真是"感激不尽"呢。苍天呐，你真的以为我会相信那张纸值一千元吗？它的大小和图案跟真正的一千元纸币完全不一样。咱俩又不是在过家家，你就算要用假币糊弄我，也该做得像样一点吧。

再说一遍，我半点和姐姐开玩笑的心思都没有。别说开玩笑了，我甚至开始觉得自己的精神都有点不正常了。

就这样吧，请你把我的五百元硬币还给我。

姐姐或许依然觉得自己生活在2017年，但我告诉你，现在是1985年，准确地说是1985年7月30日，你还是清醒一点吧。

还有，那"珍贵"的一千元，还是还给姐姐你吧。

觉得姐姐有些可怜的恩佑
1985年7月30日

写给撞大运的恩佑

我的天!

这封信说不定能改变你的命运,所以别急着把它扔到一边,先听我说。

虽然理论上不应该存在什么特殊的邮箱,但我还是想确认一下:你真的是把信投到了街边的一个普通邮箱里吗?我收到的信真的是从那个已经消失的住宅区寄出的,而生活在过去的你也真的收到了来自未来的信,对吧?想到这里,我不禁起了一身鸡皮疙瘩。

我要为自己先前的莽撞向你道歉。我想了想,我之前的信确实容易让你产生误会,因为我一直在自说自话,并没有拿出我生活在2017年的证据。

我决定相信你真的生活在20世纪80年代。我上网查了一下,跟现在比,那时候纸币的尺寸要大一些,颜色也不一样,怪不得你会觉得我送给你的那张一千元纸币是假币。你如果是在跟我开玩笑的话,就不会把它还给我了。你看起来是真的生气了,这就证明我的猜想是对的。不过那真不是假币,它确确实实是我生活的时代正在使用的纸币。一千元面值的纸币是在2007年改版的,也就是说,你见到了来自未来的钱币。是不是很神奇?

为了打消你的疑虑,我搜集了一些证据。你发现了吗?我的信寄出后,慢的话要两年,快的话也差不多要一年你才能收到,而我没几周就能收到你的回信。我想,这应该是因为过去的时间和现在的时间流逝的速度不同吧。

既然你说你生活在1985年,那我就告诉你一些1985年以后发生的事情吧。如果我说的被证实是真的,你就要承认我真的生活在未来,并且我们之间产生了某种神奇的联系哟。

1986年亚运会开幕之前,金浦国际机场发生了爆炸事件。如果这段时间你有事要去机场的话,最好还是等一等。

1987年12月卢泰愚当选新一任总统，希望这对你来说不是个坏消息。

1988年首尔举办奥运会，这个消息你应该已经知道了吧？对了，1988年7月还发生了一件有趣的事情。MBC①旗下的电视台正在播放新闻节目，一个中年男人突然出现在画面中并且大喊："我的耳朵里有窃听器！"呵呵，那还是个直播节目呢，真是太搞笑了。

1988年在首尔奥运会男子百米赛跑中拿了金牌的本·约翰逊被发现居然服用了兴奋剂，也不知道他是怎么想的。最后的结果当然是金牌被没收，他被终身禁赛。

哈哈，我居然在自学历史，看来宇宙运行真的是出了问题。不过，比起收到穿越时空的信，自学历史也就不算什么了。

另外，1988年还发生了一件很重要的事情——任时完出生了！如果我是你的话，我一定会找到他并且和他做朋友。相信我，你绝对不会后悔的。

上面提到的事件都来自权威网站，绝对真实可信。更重要的是，我真的生活在未来，还可以向你透露更

---

① 中文译名为"文化广播公司"，开办于1961年12月，拥有全国性广播网，在韩国各大城市有卫星转播站。——编者注

多你生活的世界将发生的事情。你有喜欢的艺人的话尽管跟我说，我可以告诉你他们未来的情况。

  我看你好像还没搞清楚状况——你现在可是撞大运啦，没准能成为比尤里·盖勒更出名的人呢！当然，这得有我的帮助才行，所以你现在最好对我态度好一点，抱紧我的大腿，知道吗？

  期待你的回信，别让我等太久哟。

来自未来的恩佑

2017 年 2 月 18 日

写给来自不可思议的世界的姐姐

我的心脏跳得好快,你到底对我做了什么?

其实,一开始我是真的以为姐姐精神不正常,觉得姐姐有些可怜才写回信的;后来是因为心疼我那枚幸运硬币;再后来是因为生气——每当我快要忘记这件事的时候,我就会收到姐姐的来信。

这次我本来是打算绝不再回信的,姐姐一定很好奇我为什么又改变主意了吧?因为就在今天,姐姐信里提到的事情真的发生了——电视新闻里说金浦国际机场发生了爆炸事件,死了好几个人。看到这条新闻的那一刻,我惊讶得大喊出声。

姐姐的信真的来自未来?未来会发生什么,你真的全都知道?我是在做梦吗?还是遇到了灵异事件?我现在的心情好复杂。

收到来自未来的信，跨越时空与你产生联系……这些漫画里的桥段，怎么会发生在我身上？假如这些都是真的，那哆啦Ａ梦是不是也可能真实存在？

我越想越觉得可怕，这种感觉比我第一次去63大厦①时担心它会倒塌还要可怕一百倍、一千倍。

说实话，直到现在我也没有完全相信姐姐说的话。万一你是个骗子呢？

我纠结了好一阵子，觉得一定要跟姐姐通个电话才行，于是就在电话簿上查找跟我名字一样的人并挨个给他们打电话，结果导致我家的电话费飙升，我被妈妈好一通骂。后来我才意识到，只有大人的名字才会出现在电话簿上呀！

现在我应该怎么做呢？真是一点头绪都没有啊。我第一次感觉自己像个傻瓜。

希望姐姐快些回信。

来自过去的恩佑
1986年9月14日

---

① 全称是"大韩生命63大厦"，位于韩国首尔汝矣岛。1985年竣工。——编者注

写给正在见证奇迹的恩佑

恩佑,你好!我非常理解你现在的心情,因为我也一样。

你知道我在等你回信的时候心情多么焦躁吗?我每天查看我家的信箱不说,还整天捧着手机,搜索有没有人正在经历同样的事情。

现在你应该相信我生活在你的未来了吧?

现在我也不知道自己应该怎么做。我在网上不管怎么搜索,都没找到"当我身上发生了不可思议的事情时我应该做些什么?"这个问题的答案。

没准这是改变我人生的一次机会呢?万一我没有打起精神,让它溜掉了怎么办?想到这些,我每天都坐立不安,难受极了。

虽然原因不明,但重要的是,这件神奇的事情真的在我们之间发生了。要不你做一个超级有名，厉害到能载入史册的预言家吧？说不定我们还能改变世界呢！试想一下，我知道你生活的世界未来会发生些什么，如果我们联手，那么改变历史岂不是易如反掌？

假如你我真的联手改变了历史，将来该不会出现以我们俩为原型的电影吧？想想就觉得好刺激！

为了我们俩联手改变历史的"大计"，我在信纸的背面列举了一些你生活的世界未来会发生的事情，你可以看看哪些是你想要改变的。

希望我下次收到回信的时候，历史已经发生改变。

来自未来的恩佑

2017 年 3 月 9 日

写给来自未来的小朋友

尽管晚了些,我还是要跟你说声"圣诞快乐!"。

此时此刻,我正在等待一场大雪的降临。今天从一大早开始,天空就阴沉沉的,可是雪却迟迟没有下下来。在我看来,只有下鹅毛大雪才有冬天的感觉。不过不下也好,因为大雪过后路面会冻得结结实实的,而这种时候妈妈就会使唤我去胡同里撒煤炭渣——这活可不是一般累呀!

我最近过得一点也不好。对了,先声明一点,我马上就十六岁了哟,所以从下封信起你就要叫我姐姐了。是不是很神奇?不久前我还是妹妹,如今刚刚成为你的朋友,居然就要变成姐姐了。

好了,言归正传,我说说我过得不好的原因。

之前你在信里说,现在你也不知道自己应该怎么做，对吧？和你相反，意识到自己可以通过你预知未来后，我把该做的事、能做的事和想做的事列了一张长长的清单。

还有，你在上封信里列举的那些事件，让我在我的家人和同学面前展现出了神奇的"预知能力"。他们惊呆了！

我并没有像你在信中写的那样，成为超级有名的预言家。不过，我确实过了一把当预言家的瘾。每当有人问我"你是怎么知道的？"时，我总是装模作样地回答："我能在睡梦中预知未来。"我这样说纯粹是因为看到别人吃惊的表情很有趣，根本没想到日后会给自己惹来大麻烦。

总统选举即将开始，爸爸觉得谁当选都无所谓，只要不是卢泰愚就好，妈妈则看好金大中。

今年夏天不是很太平，大学生纷纷上街游行示威。为了驱散人群，警察动用了催泪弹，据说那东西能让整个呼吸道像着了火一样难受。我的一个朋友说，他在去钟路区的途中不小心吸入了催泪弹释放的气体后，连屁眼都痛得不行。

以前偶尔也有学生游行示威，但今年的事态比以往要严重。大人们纷纷站出来表达心中的不满，不再觉得示威的学生是在瞎胡闹了，连白领们都加入了游行队伍。真不知道大家的勇气都是从哪里来的啊。换作我的话，光是看到警察站在那里都会觉得害怕，哪怕是远远地闻到催泪弹的味道心脏都会揪成一团。

因此，当我说卢泰愚会当选为总统时，根本就没有人相信。

"真的是卢泰愚当选！我在梦里看到了！"

"又说这些不着调的话！还不快回屋做功课！"

听了我的预言，妈妈把我好一顿训斥，爸爸更是嗤之以鼻。

后面的事情你都知道了，当然是卢泰愚当选，爸爸妈妈大为震惊。

事情开始变得不可控。

"恩佑，你跟妈妈说实话，妈妈不会批评你的。"有一天我放学回到家，妈妈一脸严肃地抓住我的胳膊说，"你说你能在睡梦中预知未来，是骗人的，对吧？"

看着妈妈满脸担忧的神情，我有些享受这种被担心的感觉，没想到以前只会让我好好学习的妈妈居然还会担心我。

"妈妈，这件事情绝对不能告诉任何人，您能替我保守秘密吗？"

"当然，只要你实话实说，妈妈是绝对不会告诉别人的。"

"其实……我不是通过做梦预知未来，而是收到了信。"

"信？"

"没错，来自未来的信。妈妈，您还记得我十岁的时候，收到过跟我名字一样的女孩寄来的信吗？"

听我一五一十地说完后，妈妈紧紧地闭上了眼睛。想必她也很吃惊。

除了总统竞选外，我还"预测"了很多未来会发生的事情，巧的是后来这些事情大多数都在新闻中出现了。

情况变得离谱起来。

我房间的角角落落贴满了不知道家里人从哪里弄来的符，我的枕头下甚至放着一把贴满了符的刀。

这还不算完。

今天，我家里居然来了一位"大仙"，她在我家院子里"作法"，还说我是被鬼附身了。当我否认自己被鬼附身，并且告诉她我是真的收到了来自未来的信时，那个打扮得像鬼一样的"大仙"竟然一边大喊"恶鬼快快退"，一边朝我撒红豆！你知道被红豆砸中有多痛吗？我的胳膊现在还火辣辣的呢！我发誓，如果我再向别人提起信的事情，我就是小狗！从现在起，我再也不会提跟"未来"有关的任何事。

还想让我改变历史？呵呵，想都别想。

恩佑
1987年12月27

我正想寄出这封信的时候，突然想到了一件非常可怕的事情。

你说你生活在2017年……这不可能，这绝对不可能！我以前看过的一本杂志上说，一位名叫诺查丹玛斯的知名预言家曾预言地球将在1999年毁灭。但是，如果你说的是真的，那么至少到2017年地球都不会毁灭，就更别说1999年了！

此时此刻的我茫无头绪，只能焦躁地趴在书桌上揪头发。

对了，我要告诉你一件事。我只告诉你一个人，你绝对不要告诉别人哟！就算你生活在未来的世界，也不可以跟任何人讲！

天呐，我干了件什么蠢事……

我……向正洙学长表白了。天知道我鼓起了多大的勇气！你根本无法想象正洙学长的人气有多高，据说曾经有个女孩为了跟他搭乘同一班公交车，早起了整整一个小时。关键是他们并不同校！

遗憾的是，正洙学长以要专心学习为由拒绝了我……不，我不信，一定是因为没有下雪！大家都说如果圣诞节那天下雪，表白就能够成功，可是今年圣诞节我连雪花的影子都没见到，我的表白怎么可能成功嘛！

表白被拒绝真是太丢脸了！原本我以为地球真的会在1999年毁灭，这是我鼓起勇气表白的唯一底气，没想到居然不是真的！

"正洙学长，你再怎么学习也没有什么用哟。"

"为什么这么说？"

"你没听过诺查丹玛斯的世界末日预言吗？别整天只知道做题啦，有空也看看杂志嘛。"

苍天啊，说出这种话的我一定是世界上最蠢的人！我把自己的脸都丢尽了！该不会连我们学校的流浪猫都知道我被正洙学长拒绝了吧？再加上"大仙"来我家院子里"作法"的事……我该怎么办才好？

啊！啊！啊！

我为什么这么倒霉！

我有个一毛不拔的"铁公鸡"老爸，有个整天唠叨个不停的"魔王"老妈，还有个动不动就被拿来跟我比较的"人精"姐姐……唉，真是没有一件顺心事！

我还以为我收到了来自未来的信，生活会变得跟以前不一样，看来是没戏了。

该死的圣诞节！该死的雪！该死的表白！

啊……

我马上就要上初三了，成绩一团糟。我究竟该何去何从？从现在开始认真学习的话还来得及吗？班主任说，以我现在的成绩，通过联考都有点费劲。未来我就算参加高考也意义不大吧？

你说你生活在未来，对吧？未来有时光机之类的机器吗？能不能把我带到未来去？真的好丢脸啊，这个世界我一分钟都待不下去了。

拜托，拜托。

想去未来世界的恩佑

1987 年 12 月 27 日

写给这位正无地自容的朋友

淡定，淡定！来，跟我一起慢慢地深呼吸。

放心啦，就算丢脸也没什么大不了的，我还做过更丢脸的事情呢！记得上小学时，为了不被同学们发现我没有妈妈，我撒过很多谎，有时还会在接奶奶的电话时假装是妈妈打来的。当这些谎言被揭穿时，你能想象场面有多可怕吗？尽管当时我觉得丢脸至极，可随着时间的流逝，慢慢地也就淡忘了。

对了，非常遗憾，迄今为止时光机还没有研制成功，没办法把你带到我生活的2017年，所以你就算再怎么觉得丢脸也只能先忍一忍。时间会抚平一切的。我相信，你收到这封信的时候，已经挺过难熬的日子回归平静的生活。

我也觉得，不把我俩的事告诉别人是正确的。我曾在网上匿名发帖说我收到了来自过去的信,结果得到的回复都是不相信我的。下面我原封不动地抄一条回复给你看。

您好,我在网上看到了您提的问题,您现在好像正因为一些无法解释的特殊经历而感到惊慌。首先我想告诉您,您完全不必感到惊慌,无法用科学解释的事情这个世界上到处都是,您的经历只是其中之一。科学只是一门学科罢了,事情无法用科学解释并不代表它就是假的。

我来地球已经四百年了。在这四百年里,我见证了许许多多无法用科学解释的事情。假如您想跟我好好聊聊的话,只要大喊一声"Kanttappia",我就会出现。

简直离谱!然而,当时的我并没有意识到这是个玩笑,还真的在没人的地方大喊了一声"Kanttappia",所以你知道我的心情有多迫切了吧?这也太丢脸了,你一定要替我保守秘密。

其实我应该早早发现才对,这条回复明显就不靠谱呀!

还有人回复我说："小学生还是退网吧！"看来，别人根本就不相信我说的话，甚至连相信我的心理准备都没有。

奇迹不会发生，是因为人们还没有做好迎接它的准备。

我也觉得还是不把这件事随便告诉别人为好，我可一点都不想遭受"红豆洗礼"，更不想被人说"恶鬼附身"。

其他的我不清楚，但如果我把跟你通信的事告诉爸爸，他大概率会做出一样的反应，奶奶没准会急得跳脚，同时还会帮我预约心理医生吧。

对了，我查了一下你之前提到的诺查丹玛斯，他确实是个有名的预言家，据说有不少人因为相信他的那个预言，害怕世界末日到来而自杀了。

是不是很傻？

当然，我不是说相信那个预言的你傻，而是说那些因为害怕地球毁灭就亲手结束自己生命的人傻。换句话说，他们因为害怕尚未到来的未来，就毁掉了自己的未来。到底是有多恐惧才会这样做呢？

世界末日没那么容易到来。

世界还会继续运转下去。

你在信中说你的人生一团糟，充满了烦恼，对吧？可在我看来，你真的很幸福，至少你还有虽然平凡但是完整的家庭。每次听到家庭幸福的小孩抱怨自己的生活，我都觉得他们是在炫耀。

我没有妈妈。

还记得我写的第一封信吗？

爸爸对我毫不关心。就像我在第一封信中写的那样，他对我来说，只不过是个偶尔在我面前刷一下存在感的角色罢了。他从来没有为我过过生日，别说为我办生日派对了，连生日蛋糕都没有跟我一起吃过。有时我甚至觉得，或许他连我的生日是哪一天都不记得。他才不会关心我会不会离家出走，有没有饿肚子呢。你能想象跟这样的爸爸一起生活是什么感觉吗？我有时候觉得，自己像一个无处可去的幽灵。

不知道怎么回事，爸爸最近突然开始关心我。他居然还假惺惺地问我："在学校过得还好吗？"学校生活不就那样吗？有什么好不好的！这种问题真的让人很抓狂。

十五年来，爸爸一直对我不闻不问，现在却突然示好，原因就是他就要再婚了。也就是说，这辈子从未见过妈妈的我，马上就要有"妈妈"了。

这样的爸爸真让我生气。我生气并不是因为他要再婚，如果是因为这个，那我也未免太小孩子气了。

我气的是爸爸的态度。

过去，爸爸最常说的话就是"还有零花钱吗？"，而我每次都会简短地回答"有"或者"没有"——反正不管我怎么说，爸爸给的零花钱总是会准时到账。

可自从那个女人出现后，爸爸就像变了一个人。他不仅问一些以前他从未关心过的问题，甚至尝试面露"慈父般的"微笑，别提多让人尴尬了。

我讨厌那个女人。至于讨厌的理由，我张口就能说出不下一百条。简单来说，那个女人的存在本身就让人厌恶至极。试想一下，假如十五年来你一直处于被放养的状态，有一天你的爸爸却突然满脸幸福地把一个女人带到你面前说这是你的新妈妈，那一刻你会是什么感觉？没当场晕过去就谢天谢地了！

其实他俩结不结婚、能不能白头到老,跟我一点关系都没有,我才不管呢。我只希望他们放过我,让我像以前那样毫无存在感地生活。不过,我如果真的把我的想法告诉他们,肯定会被他们当作"中二病"患者。

在我生活的这个时代,人们管初中二年级的孩子追求特立独行的心态和行为方式叫"中二病"。自从上了中学,我就非常讨厌这种说法。难道在外人看来,我很像一个本来没什么思想,但因为青春期荷尔蒙却变得愤世嫉俗的小孩?

从某种意义上来说,我真的很羡慕你。

因为你不管说什么、做什么,都不会从别人嘴里听到"中二病"这三个字;因为你没有一个假惺惺的爸爸;更因为你有妈妈。而且,在你生活的世界里,时间不是过得很快吗?这里的两个月相当于你那里的好几年。转眼间,你就要成为一个大人了,我却还要很久很久——至少还要五年时间吧。可面对这样的生活,我真的很想快点逃离。

你看过我写的第一封信,还记得我在信中提到的离开家的计划吗?你说我是要"离家出走",不知道的人听了肯定以为我是个问题少女,所以比起"离家出走"这个说法,我觉得"独立生活"更切合实际。其实,关于如何实现独立,我已经制订了相当具体的计划。

我首先要解决的是住宿问题。普通的出租房比较贵,找起来也比较困难,所以我现在正寻找合适的考试院[①]。比起破旧又缺乏管理的普通考试院,我更倾向于住在干净、安全的女性专用考试院里,不过租金相应也会高一些。

因此,我已经开始努力攒前两个月的租金和生活费了。当然,我一旦开始独立生活,就会马上找一份兼职工作,毕竟手头有些钱以备不时之需总是好的。我现在比较担心的是,未成年人能做的兼职工作不是很多,而且在便利店和网吧这种地方打零工时薪又特别低。

没有人知道,表面上风平浪静的我其实每天都在脑子里规划着未来。想想还有点好笑,我的这些计划连我身边最亲近的人都一无所知,可与我素未谋面甚

[①]出现于20世纪70年代的韩国,原本用于考生备考及住宿,经过多年发展,如今已演变成一种廉租房。

至不在同一个世界的你却知道得清清楚楚。

　　关于我的话题就到此为止，现在说说我们俩之间的事吧。

　　我生活在你的未来，只要肯下功夫，总有办法了解你生活的世界将发生什么事情，何况现在还有互联网这么好用的工具呢？换句话说，我完全可以助你一臂之力，让你成为人生赢家。你之前提到过高考，或许我可以帮你找到你那届高考的试题哟！尽管时间有些久远，找起来会比较费劲，但既然是往届试题，找到的可能性还是很大的。

　　我要帮你找回被诺查丹玛斯的预言毁掉的未来！

　　你看，我说得对吧？只要我们俩齐心协力，肯定能干成大事！

来自未来的恩佑

2017 年 3 月 15 日

写给要和我一起"干大事"的妹妹

你好呀。最近过得好吗?你那里的天气如何?我这里已经很冷了,大家都忙起来了。

妈妈跟邻居阿姨们整天都在讨论要腌多少泡菜。我那烦人的姐姐虽然今年并不参加高考,但是已经开始没日没夜地学习了。至于我,则一边听歌,一边期待大学歌谣节快点到来。

我的爸爸妈妈说,今年他们的愿望是置办足够烧一整个冬天的煤炭,以及我能打起精神好好学习。可今年只剩下一个月了呀!以愿望为借口来强迫我学习,这未免也太阴险了吧!

因此,你的信来得正是时候。怪不得这次我尤其期待你的来信呢!你真的能帮我找到高考的试题吗?你说的那个什么互联网,真的这么神通广大?虽然我不清楚它到底是个什么东西，但听起来它简直就是个无所不知的"万事通"嘛！

对了，我很快就十七岁了哟！我倒也不是想耍姐姐的威风，不过想说的话真是太多了，所以这封信会有些长，还请见谅。

我想先从"表白事件"的后续发展说起，因为我觉得你会很感兴趣。你说得对，其实丢脸没什么大不了的，我现在就算面对正洙学长，也不会再有抓心挠肝的紧张感了。朋友们的取笑也只持续了一阵子——也是，我丢脸已经不算什么新鲜事了。

告诉你一个爆炸性消息吧，正洙学长正在跟我姐姐谈恋爱。他一边冠冕堂皇地跟我说要专心学习，一边厚着脸皮跟我姐姐谈恋爱，真让人无语。我妈妈曾经斩钉截铁地表示，中学生早恋的话会考不上大学，以后的人生也就完蛋了，可她只见了正洙学长一面，就欣然同意他做姐姐的男朋友。这也正常，正洙学长长得又帅，声音又好听，人还聪明，谁见了不会心生好感呢？

而且，奇怪的是，姐姐自从谈恋爱后，学习成绩反而突飞猛进。据她自己说，正洙学长简直无所不知，是个天才。家里不满意这段恋情的只有我和爸爸。爸爸说，男人都是坏蛋，再怎么聪明帅气，本质也不会改变。我当然是站在爸爸这边的。

妈妈一直以为姐姐跟正洙学长总是在阅览室里见面。才不是这样呢！我曾经清清楚楚地看到他俩从中央剧场出来。

哼，真希望他俩高考都落榜！

你真的还停留在十五岁吗？未来的时间为什么过得这么慢呢？我很理解你的心情。

而且，不管怎么说，"中二病"这种说法也太过分了吧！这个世界上谁没上过初中二年级呢？把人在这段时间的状态比作一种病，多不好啊！不过，看过你的信之后，我好像稍微能理解为什么大人们会这么说了。你真的想离家出走吗？该不会还抽烟吧？难道还用双氧水或者啤酒染过头发？

我不同意。离家出走可不是儿戏，你一旦离开家，什么时候在哪里被人拐走了都没人知道。试想一下，假如有一天你突然被人打晕了，一睁眼发现自己被绑在一艘渔船上，又有谁能救你呢？

　　我并不是很想和你聊"问题少女"这个话题，只不过是情境所迫而已。当然，我并不认为你会变成问题少女，但你要知道，你不能仅仅因为对你爸爸心怀不满就离家出走。你抱怨他对你漠不关心，对吧？可是，韩国的爸爸不都这样吗？大部分家庭都由妈妈来承担教育小孩的责任，爸爸则主要负责养家糊口，不然为什么会有"内子""外子"这样的称呼呢？

　　再说了，如果你爸爸对你的成绩、穿着、行为举止这些琐碎小事都一一过问，那世界上还有更烦人的事情吗？看来你是没吃过这种苦。告诉你哟，家里有妈妈一个人爱唠叨就已经足够了。

　　好吧，也有一种可能就是，因为没有妈妈，所以你把对妈妈的期待全部加在了你爸爸身上。我非常理解。可你想过吗？你爸爸在抚养你长大的过程中既要当爸又要当妈，付出了多少心血呀！你在向他索要父爱和母爱时，是不是也该想想自己是否尽到了一个女儿的义务？爸爸不是仆人，而且这个世界上没有谁是完美的，硬币总是有正反两面，你不能要求每件事都合你的心意呀。

你要知道，你的爸爸不是一个完美的人，他只是一个普通的爸爸。

我当然知道上面这些话对你来说起不到任何安慰作用，我也知道你需要的并不是说教。或许，你会生气地想："什么嘛，这个人明明什么都不知道，有什么资格对我的人生指手画脚！"其实，就算你真的这么想，我也无话可说。可我又转念一想，既然我们在命运的安排下收到了彼此的信件，那是不是意味着我也可以对你的生活发表一下自己的看法呢？说不定这就是我能为你做的事呢。

我唠叨了半天，是希望你能意识到离家出走真的不是一件小事。世界上虽然有很多好人，但也有许多像鬣狗一样以折磨弱者为乐的坏人。而且，就算再过一年，你也才十六岁吧？十六岁谈什么离开家独立生活！在我看来，你完全是一意孤行，非要自己往绝路上走。你离开家后，你爸爸怎么办？自己辛辛苦苦养大的宝贝女儿居然离家出走了，如果我是他的话，估计会晕过去吧。

真的，你因为你爸爸要再婚就要离家出走，简直是不可理喻。既然你爸爸已经决定要把那位阿姨娶回家，你为什么就不能用宽广的胸怀欢迎她的到来呢？你为什么不能看在你爸爸的份上，试着去相信她呢？也许她是个不错的人呢。不是所有的后妈都像白雪公主的后妈那样恶毒呀！

最近我发现，大家好像都觉得跟别人比起来，自己的生活很不幸，似乎没人觉得自己是幸福的。可是，如果以此为借口自暴自弃，将自己置于危险之中，就十分愚蠢了！你想，奥运会上那么多选手中只有一个人能拿到金牌，可其他选手的汗水和努力就没有意义吗？他们就应该被大众遗忘吗？

你听我说。

如果说我们的人生是一场奥运会的话，你现在经历的所有事情就像训练。训练很辛苦、很累，可选手们并不会因此就放弃呀，大家都在咬牙坚持。当然，我不是劝你盲目坚持。要知道，你不是一个人在训练。想象一下，训练场上有教练，有竞争对手，还有你的队友……这样想的话，你是不是好像也能听进别人的建议了？

或许这封信会让你心情不爽，可我不能不说出自己的真实想法。我也犹豫过，怕你看了这封信后觉得自己受到了冒犯，从而拒绝告诉我高考试题。我本可以说几句好听的话哄你开心，毕竟拿到试题对我来说非常重要，可我思前想后，总觉得不应该这样做。你不是说过，只要我们俩联手，就一定能干成大事吗？没问题，我们一起干些大事吧，只要你答应不玩离家出走的把戏。

         来自过去的恩佑
         1988 年 11 月 26 日

写给过去的你

来信已经收到。读信的时候，我脑海里涌现出无数个想法。没错，你就是什么都不知道还硬要干涉我的事，你说的那些完全是一派胡言。

你说每个人都觉得自己是这个世界上最不幸的人？才不是呢！人都是自私的，眼里只有自己，根本不会在乎别人的死活。

你写给我的这封信，也处处透露出你的自私。你算老几？你又不了解我，凭什么对我指手画脚？你别因为我们通过几封信就自认为很了解我。可能在你看来，我是一个想通过离家出走来引起爸爸注意的"中二病"患者，但你想错了，我并不是要离家出走，而是要独立生活。

你说十六岁还太小，对吧？没错，我确实想在十六岁的时候离开这个家，但别忘了，在信里提了一堆乱七八糟的建议的你不也才十六岁吗？至少我不会在不了解事情全貌的情况下，给别人添堵。你该不会想扮演知心姐姐的角色吧？实在抱歉，我并没有请你当知心姐姐的打算。

假如只是冲动使然，那我直接走掉不就好了，又怎么会提前一年计划这件事情呢？我有自己的打算和想法，并非想博取关注。

还有，你说的什么男主外、女主内，真是让人惊掉下巴。现在又不是封建社会，无论男女，只要成为父母，就都有义务对孩子倾注关心和爱呀！而且，我也从来没想过让爸爸一人分饰两角。

你什么都不知道！

你有过生日那天回家后发现家里漆黑一片的经历吗？你知道早上起床后家里空无一人是什么感受吗？你应该也不会为"为什么爸爸连我的名字都不愿意叫呢？"这种愚蠢的问题纠结不已吧？你更没有抑郁的情绪堆积在胸口，只有哭出来才能挺过那一天的灰暗时刻吧？

没关系，我不在乎。

就算我每天回家家里都空无一人，就算每天早上都没人和我互道早安，就算我像个幽灵一样一句话不说地度过一整天……

就算这样，也没关系。

记得有一次，我因为在学校和同学发生了争执而被罚写检讨。我在检讨里写道，是对方先挑衅的，我并没有错，于是班主任就让我把检讨拿回家给爸爸签字。不就是签个字吗？有什么大不了的！于是，那一整天我都盼着见到爸爸，盼着把自己在学校里受的委屈讲给他听。我当时想：这个世界上总会有一个人是站在我这边的吧？爸爸一定会听我诉苦的吧？于是，我等了又等。

可你知道凌晨才回家的爸爸是怎么做的吗？他逃一样地冲进了自己的房间，仿佛我是个传染病患者。

这么晚了为什么还不睡？眼睛怎么肿成这样？发生了什么事情吗？……这些我想象中的问题，他一个都没问。

咔嗒。

当时的关门声此刻依然萦绕在我的耳边。随着这一声"咔嗒",爸爸彻底把我从他身边推开了,而他对我关上的心门,仿佛永远也不会打开。

你能想象我当时的心情吗?

又难过,又害怕,也觉得自己很可悲。

因为在爸爸的眼神里,我看到了恐惧。试问世界上哪个父亲会用这样的眼神看孩子呢?

可是我的爸爸却总是这样。不管我做什么,他从来都不问一句"你怎么啦?",尽管我真的好想听他说出这句表示关心的话……

爸爸,是那个同学先说我可怜的,他说我不光没有妈妈,好像连爸爸也没有。我本来没什么的,可他一直说我可怜,所以我才跟他吵了起来。而且,我也很讨厌写检讨……我盼了一整天,想把这些说给爸爸听,我有好多好多话想说给爸爸听,可爸爸为什么……对我不管不问呢?

我明明郁闷得快疯了,却像个傻瓜一样,一句话也说不出口。

我并不奢求你理解我的心情,但至少你不该随随便便说出那些话，因为你并不知道郁闷至极是什么样的感受。

恩佑

2017 年 3 月 23 日

16

写给恩佑

收到你的信后,我马上就开始给你写回信。你还好吗?读了你的信,我吃惊极了。我的本意是想要关心你,没想到我的话会让你那么难过。

你确定你没有误会你爸爸吗?一个父亲怎么会害怕自己的女儿,甚至还要躲着她呢?没准是因为当时你激动的情绪占据了上风,你才这样想。

有时我也会在生姐姐的气时朝她大喊大叫,这时她就会像什么都没听见一样,云淡风轻地走开。这总是让我更抓狂,于是我质问姐姐为什么要无视我。姐姐掏了掏耳朵,说道:"你不是在发疯吗?我说话你听得进去吗?"

听完这话,我气得直跳脚,但是姐姐却始终平心静气。她告诉我,我不可以大喊大叫,我必须一字一句、心平气和地说出自己的想法，否则她是不会听我说任何话的。

所以啊，谁先发火谁就输了。要不你先冷静一下，再试着跟你爸爸聊一聊？离家出走并不能真正解决问题，你要试着找到更好的解决办法。

不过，万一情况比我想象的更严重，你是不是也可以试着向其他人寻求帮助？

希望你的下一封信到来的时候，你和你爸爸之间的问题已经圆满解决了。

期待回信的恩佑
1989 年 10 月 4 日

写给来自过去的你

请原谅我无法开心地向你问好。我望眼欲穿地盼了十多天,没想到你只是在信里建议我向别人寻求帮助。真让人失望。

你说,我应该向谁寻求帮助呢?难道我要报警,然后跟警察说爸爸不肯叫我的名字,还害怕我吗?说完之后呢?警察会来盘问爸爸为什么害怕自己的女儿吗?最后再让他缴点罚款?

你觉得孩子应该对父母了解多少?姓名、年龄、长相,这些难道不是最基本的吗?

可我对妈妈却一无所知。她长相如何、姓名为何、年岁几何?她何时去世、因何去世?她的亲人都有谁,是否都还健在?……一切的一切,我一无所知。

一切的一切。

从来没有人跟我讲任何和妈妈有关的事情。我好奇得快疯掉了，却总是问不出口。因为我只要一提起妈妈，就会看到爸爸脸涨得通红，还扭曲得变了形，仿佛他刚刚遭遇了世界上最可怕的事情。

爸爸是绝对不会透露妈妈的信息的，哪怕一点点。可妈妈为什么会去世呢？难道这件事里藏着什么不可告人的秘密？

奶奶常常念叨的几句话，是我知道的全部："真是个善良得让人心疼的好孩子，就那么走了，老天爷真是不长眼……"

我家连一张妈妈的照片都没有，爸爸说已经被他全部烧掉了。我不知道他是真的全烧掉了，还是为了骗我而编造了一个谎言。妈妈真的存在过吗？为什么好像没有一个人知道她呢？爸爸到底在隐瞒什么？我快烦死了。

我越是想知道这一切，脑海里就越会生出许多奇奇怪怪、乱七八糟的恐怖想法。

我确定爸爸和妈妈之间有着不可告人的秘密，不然爸爸不会这么费尽心思地对我隐瞒妈妈的情况。

小时候我还想过，或许我不是爸爸的亲生女儿，而是爸爸领养或捡来的孤儿，所以爸爸才没办法告诉我妈妈的事情。稍稍长大后，我否定了这个想法，因为如果我真的是领养或捡来的孤儿，奶奶就不会总是念叨妈妈是个善良的好孩子。

那究竟是为什么呢？

我真的快疯掉了。为什么我不可以知道妈妈的信息，哪怕是一星半点？我无数次问自己，得出的结论一个比一个可怕。

你知道我最后得出的结论是什么吗？

没准是爸爸害死了妈妈。

我有这种可怕的想法你应该感到很惊讶吧？不管你怎么想，可以确定的是，这个想法是最说得通的。爸爸并不热衷于暴力，他从来没对我动过手。不过，我对他喝醉酒之后的表现表示怀疑，毕竟人只要一喝酒，最后会变成什么鬼样子谁也不敢保证。

在我的印象中爸爸极少喝酒，仿佛只要他一喝酒，就会发生不好的事情。要是哪天爸爸不得不喝酒，那么我必定会被送到奶奶家，绝对看不到他喝醉的样子。

为什么要这样呢？难道爸爸喝醉之后，邪恶的第二人格就会苏醒？

你说过让我试着相信爸爸，对吧？

可假如你是我，你会相信一个拒绝透露妈妈任何信息的爸爸吗？你又会相信这样的爸爸带回来的女人吗？

那个女人？

那个女人是什么样的人并不重要，重要的是她的出现让我的生活变得更糟糕了。在她出现之前，爸爸和我互不打扰，我们俩都孤独地活着。现在，一切都不一样了。

我还是一个人，爸爸却不是了。

无论如何，我一定要离开这个家独立生活，我还要查清关于妈妈的秘密，将它公之于众。像你这种出生在平凡而幸福的家庭中的小孩是不会理解我的心情的，因为你并不知道什么是真正的伤心和孤独。

妈妈在我的记忆中仿佛从未存在过，我好怕有一天我也会在爸爸的脑海里完全消失。

你应该不会有这样的担心吧？

我并不强求你理解我的心情，我也不需要你的理解，所以请不要再试图给我一些可笑的建议了。

而且，仔细想想，我们俩通信，受益的只有你一个人：你可以通过我预知未来，而我只知道过去发生的事，什么也改变不了。因此，我收回我们可以联手干大事的话。

不必回信。

恩佑

2017 年 4 月 7 日

写给未来的恩佑

你好呀。

我这里已经是秋天了。就在不久前,天气还热得让人以为秋天不会再来了呢。我正想着夏天怎么还没过去,结果今天就秋高气爽了。

人的心思真的很难琢磨,本以为绝对没办法适应的事,很可能不知从何时起就已经变成了一种习惯。比如,我现在已经习惯了高中生活,而且觉得晚上十一点回家才应该是生活的常态。

和你通信也一样。想当初你的第一封信像晴天霹雳般令人难以置信,可不知不觉间我已经把跟你通信当成了生活的一部分。因此,我才会把你当成亲密的朋友,回信的时候并没有考虑太多。这次收到你的信后我自责不已,我确实太粗心了。

我反复地读你的来信，苦恼了很久才写下这封回信。尽管你说不必回信，可有些话我必须说。

仔细看过你的信之后，我想问……这些都是真的吗？如果真是这样的话……我想说……

对不起。

是我太草率了，我诚心向你道歉。我终于意识到你现在的处境是多么令你苦恼，也能充分理解你想离开家的心情。

关于你妈妈的事情，你爸爸真的什么都不肯告诉你吗？我实在是不能理解。一个女儿，当然有权利知道她的妈妈是个什么样的人，哪怕她已经去世了。要是真如你所说，你爸爸一直隐瞒你妈妈的情况，那确实有一点点奇怪……不止一点点，谁听说了都会觉得非常奇怪！

有没有可能你的妈妈其实还活着？只不过你爸爸与她关系不好，所以才不想告诉你。又或者，你的妈妈抛弃了你……不不不，我的意思不是你的妈妈讨厌你。或许，她有不得已的苦衷呢？如果这些话让你心情不好的话，我提前向你道歉。不管怎么说，我觉得这件事情背后一定藏着我们想象不到的秘密。

我知道你现在有情绪，不过你不妨先听听我的看法。我们生活在不同的世界，但是却能够像现在这样互通书信，这是不是说明我们之间存在着某种特殊的联系？不如让我来帮帮你吧！

从你的视角来看，我生活在过去，所以只要你告诉我你爸爸妈妈的情况，我完全可以帮你找到他们。仔细想想，我们能为对方做的事情还有很多很多呢。

生活在你的过去的我可以帮你找到你的爸爸妈妈，揭开你妈妈身上的秘密，前提是生活在我的未来的你也要做出一些贡献。比如，你可以告诉我哪座山上有金矿啊，龙珠掉到了什么地方啊，在哪里可以看到真龙啊……

当然啦，如果这些对你来说有些困难的话，你就只告诉我高考试题好了。

先声明，我没有想要跟你比惨的意思。不过，既然你已经敞开心扉，把你的故事告诉了我，那么现在也轮到我来讲讲我的故事了。

你说我出生在一个平凡而幸福的家庭，对吧？我不知道同时用"平凡"和"幸福"来形容一个家庭是否合适，不过如果你想象中的平凡的家庭是一对和蔼可亲的父母，一对偶尔吵架但感情很好的姐妹，存款虽然不多但比上不足比下有余……那我的家庭可一点都不符合。

我从出生那一刻起就是个"缺陷儿童"。当然，我并不是真的在生理意义上有缺陷。虽然我数学不太好，曾经因为不会背诵《九九乘法表》而被留堂，不过这并不足以说明我是个"缺陷儿童"。我的妈妈一切都以姐姐为标准来要求我，这才是我不幸的源头。至于我姐姐，真的很让我倒胃口！她每次考试都是第一名，运动方面又很厉害，长得又很美，在同学中也很有人气（虽然我不能理解），可就是这样完美的她，面对我的时候偏偏脾气超级臭。

在姐姐看来，我的智商甚至比不过一条海豚。

在很多事情上，姐姐从她的角度看的话当然做不到跟我感同身受。她不仅当上了年级长，还独占了老师们的偏爱。你知道吗？老师们甚至都不喊我的名字，而叫我"世美的妹妹"。

在成长的过程中，我无时无刻不被拿来跟姐姐做比较。你能理解我的感受吗？

甚至在我迈出第一步的时候，这种比较就已经开始了。

"哎哟，世美十个月就会走了，恩佑都十二个月了才勉强迈开步子。"

如此种种。

曾经，为了得到妈妈的称赞，我也疯狂学习过，可我不管怎么努力，都追不上姐姐的步伐。举个例子，假如我某门课考了一百分，那姐姐一定是每门课都考了一百分。

从出生到现在，我听得最多的一句话就是"你能做到姐姐的一半就够了"。我妈妈在搞差别对待上简直是个专家！又假又虚荣！每次她的朋友来家里做客，她都会表现得仿佛家里只有姐姐一个孩子一样。至于我呢，只需要打声招呼，然后老老实实待在房间里或者出门就好了。

姐姐过生日的时候，不仅有蛋糕、香蕉，还有家里人特意给她买的耐克运动鞋。我过生日的时候，别说香蕉了①，连礼物都没有。家里人总是把姐姐用过的东西给我用。每次我提出要买新运动鞋，他们都说我的运动鞋还好好的，还能继续穿。可如果我的运动鞋真的还好好的，我又怎么会有坐在水泥地上修鞋底的悲惨经历呢？

你知道吗？后来我决定，我要做这个家里的问题儿童。我要口不择言、油盐不进，把大家对我的期待值降到最低。

不过我还是觉得我比姐姐好一百倍、一千倍。我不光比她更适合戴蛤蟆镜，比她更会卷刘海，就连伴着《像印第安娃娃一样》这首歌跳舞，我也跳得比她好一百倍。

再说我爸爸。

我爸爸是个心软的人，所以总是被各种朋友坑。什么老家的发小、以前的同学，只要缺钱就来找他。有时候我觉得爸爸简直就是"行走的银行"，他就差拿着喇叭在小区里嚷嚷"缺钱的人快来找我借钱吧！找我借钱不用还！"了。

就在去年冬天，爸爸还因为把钱借给了别人，闹

---

① 当时韩国不产香蕉，而且才刚刚开始从国外进口香蕉，所以香蕉属于极其珍贵的水果。——编者注

得家里不安宁。据说，他把家里购置煤炭的钱给借出去了，结果我们一家人为了节省煤炭，整个冬天都在挨冻，房间里冷得能看到哈出来的气呢。

总之，我长得难看，脑子又笨，家里还特别穷。让我郁闷的事实在是太多了，就先说这些吧。不过，假如听完后你还是很羡慕我的话，那你也可以拥有这样的家庭。

让我来做你的姐姐吧。

我知道你并不想承认我是姐姐，不过我今年已经十八岁了，而且以后我们的年龄差距会越来越大，所以我确实是你的姐姐没错。

像我这么好的姐姐，你打着灯笼都难找哟！我不仅会耐心倾听你的烦恼，还会帮你解决问题。没错，我决定了，我要帮你找到你的妈妈。我认为你有权利知道你的妈妈是谁，不管你的爸爸为何要隐瞒，我都要帮你揭开这个谜底。我要帮你找到你的妈妈。她是什么样的人，她是怎么去世的，这些对你来说将不再是秘密。虽然不知道这样做是对是错，但是我觉得可以一试。那就让我们来试试吧！

我看到过一种说法：每个人一生的幸运和不幸都是有定数的，假如你现在生活在不幸之中，那么未来你的生活会越来越好，充满幸运。

　　或许从我们俩产生联系的那一刻起，我们俩的幸运就已经悄然来临。

和你同名的姐姐
1990年9月20日

⑲ 写给同名的姐姐

你居然还能语气轻快地说出"你好呀"这三个字！你知道过去这段时间我每天要查看多少次信箱吗？

好吧，我承认，我等你的回信等得快急死了。上次我说你不必回信，绝对不是出自我的真心，你千万不要当真。

你是故意要让我着急，才这么晚回信的吗？那你未免也太记仇了。我以为你不会再写信来了，又着急又后悔，后悔不该把上一封信就那么寄走了……这应该就是我的问题所在吧——一生气就说些违心的话，只有发泄完了心里才舒服。真的很抱歉。

话说回来，你真的已经在读高中了吗？这种感觉好奇怪，不久前你还是个小学生呢，现在居然已经是高中生了，难道我真的要叫你姐姐吗？

好吧，叫就叫！

姐姐。

我还以为管一个十岁的小丫头叫姐姐我会觉得委屈，原来也没什么嘛。反正你生活在离我很远很远的过去，不管是十岁还是十八岁，理论上都算我的姐姐。

嗯……下面的话听起来可能有些肉麻，不过我真的很喜欢读姐姐的信，也很喜欢等你的信的感觉。说起来很奇妙，我和姐姐从未见过，只不过通过几次信罢了，可我总觉得跟姐姐已经认识很久了。

在跟你通信的过程中，我也逐渐开始审视自己。以前我总觉得大家都在成长进步，留下我一个人在原地抱怨，从现在开始我要试着减少自己的不满情绪。

其实在我生活的这个世界，人们并不需要花这么长的时间等一封信。由于几秒钟就可以成功发送一条即时信息，所以大家好像已经习惯了随时随地表达自己的不满情绪。想必我也习惯了这种表达方式，所以才在信里随口说出了那些伤人的话。

在我生活的这个世界，人们不光能随时发送和回复信息，还能知道对方是否已经读了自己发过去的信息。给你写信不一样。我往往要等一周或两周的时间才能收到回信，我甚至不能确定自己写的信是否已经安全送达。这怎么能不让人抓狂呢！

因此，在漫长的等待里，我开始怀疑自己当初是不是说得太过分了，开始后悔和自责。

说真的，读姐姐的信时我有些哽咽。我说了那么多过分的话，可姐姐却一点也不生气，这反而让我觉得更内疚了……你真的愿意做我的姐姐吗？说出口的话就是泼出去的水，可不许反悔哟。

姐姐说得对，我好像总是觉得自己是最不幸、过得最惨的那一个。因为我跟别的小朋友不一样，所以每当有人抱怨自己过得很累，我都觉得他是在故意说给我听。

我太傻了。我根本就不知道姐姐过着什么样的生活，也不了解你的心境，却总是一厢情愿地认为你的生活很幸福。真的很抱歉。

看了姐姐的信，我才知道原来你过得也很艰难。我完全没办法想象身边有一个"完美姐姐"该多烦人，何况你还有一个偏心的妈妈呢？我看，该考虑离家出走的人是你才对吧？哈哈。

　　说到离家出走，我知道姐姐其实是在为我担心。不过你不用担心，我怎么会让自己身处危险之中呢？而且，我是绝对不会做任何出格的事情的。你就当我比同龄人更早开始独立生活吧。我已经在为此做准备了，现在正努力找兼职工作呢。

　　不记得我之前有没有跟你说过，其实我想在面包店或咖啡馆兼职，我想一边打工一边学习如何制作面包或咖啡。这样的话，我既能做自己喜欢的事，又能赚钱，简直是一举两得。不过，现在我遇到了点麻烦，我准备求职的地方好像不是很想雇我。

　　我是不是没跟你说过我的梦想？

　　我的梦想是开一家咖啡馆，我连菜单都想好了。店里不光做咖啡，还供应现榨果汁和冰镇饮料。价格的话，应该是便宜点比较好。我还会为独自前来的客人提供免费的暖心曲奇。既然是免费的，那就做成小小的吧，做成姐姐送我的"幸运硬币"那么大就刚刚好！哈哈哈。这么一想，干脆就叫它"幸运硬币曲奇"吧！谢谢姐姐提供的灵感！

店面我打算刷成白色，不不不，奶奶说过白色不好打扫，要不刷成黑色吧。会不会看起来有些阴暗？看来我还得再好好想想。

姐姐知道为什么我的梦想是开一家咖啡馆吗？说起来还有些丢脸，我只告诉姐姐一个人哟。

由于爸爸晚上经常加班，所以我小时候大部分时间是和奶奶一起度过的，但我不喜欢待在奶奶家，因为奶奶每次见到我，都会一边咂着嘴，一边感叹我是个可怜的小孩。

因此，每当奶奶对我好的时候，我都会心烦意乱，忍不住想是不是因为她觉得我很可怜。

之前我说过，我在学校里会假装我是有妈妈的。

大概是上小学四年级的时候吧，有一次我执意要回自己家住，我跟奶奶说，就算爸爸回家晚，我一个人也不会害怕。我还记得当时我信誓旦旦地保证我完全可以一个人睡，不需要奶奶……结果当天晚上我就尿床了。

当时，我睡到半夜被尿憋醒了，不敢一个人去卫生间。现在想想，马桶又不会吃人，真不知道当时我怎么会那么害怕。我忍了又忍，最终还是没忍住，尿床了。

为了维护自尊，我没有告诉爸爸和奶奶，而是偷偷把被褥晾干后继续用。几天后奶奶来我家，发现我的房间里有一股尿骚味，事情才败露。奶奶咂着嘴说，既然尿床了，就要说出来呀，怎么能傻乎乎地用脏被褥呢。

发火也好，说我可怜也好，我以为爸爸总会说些什么，可他只是看了看我，一句话都没有说。

姐姐，你说，就算是陌生人，听到有个小孩半夜因为害怕去卫生间而尿床了，是不是也该说上一句"真让人心疼"呢？这个小孩的爸爸怎么能一句话都不说呢？我真的没办法理解。

不过，后来我明白了。

爸爸是在用沉默告诉我，以后的日子，我都会一个人度过。

从那以后，只要爸爸回得晚，我就会尿床。尽管我宁可死也不想尿床，可我没有办法。也不知道是哪里来的执念，就算这样，我也坚持不去奶奶家住。

爸爸该不会因为我尿床而瞧不起我吧？可医生都说了啊，遗尿症只是一种病，就像感冒一样。

后来，我发现了一个神奇的秘方。只要睡前吃一块巧克力或甜甜的曲奇，我就不会尿床。因此，我一定要开一家咖啡馆，到时候我就能实现曲奇和蛋糕自由了。而且，咖啡馆里总有来来往往的客人，就算我没有大张旗鼓地表明我的孤独，人们也会推开门，走到我的身边——我就不再是一个人了。

以上就是我的故事。除了我之外，世界上知道我的梦想的人就只有姐姐一个。这是不是说明我们之间的关系又变得特别一些了呢？

好啦，再来说说我们俩。

我没想到，姐姐居然打算帮我在过去找妈妈。你真的能帮我找到她吗？

你不是说过或许我妈妈还活着，所以我爸爸才不愿意告诉我她的事吗？在此之前，我的一切想象都局限在"妈妈已经去世"这个框框里，直到听你这么说，我才打开了思路。

现在回想起来，我发现这件事确实存在疑点。记得我小的时候，时不时有奇怪的国际信件寄到家里，信上写的却不是英文。每当收到这种奇怪的信，爸爸就会露出又生气又悲伤的表情。总之，蹊跷极了。

我清楚地记得，六年级暑假的一天，我实在按捺不住内心的好奇，就把刚收到的信偷偷拆开了。信封里是一张印着建筑物和公园的明信片，上面写着短短的一行字："恩佑就拜托你了。"没错，上面清清楚楚写着我的名字。

当时我也想过要问问爸爸明信片是从哪里寄来的，为什么上面会有我的名字，可爸爸发现我私自拆了信后，吓得快晕过去了。看到爸爸的反应，我好怕他会骂我，所以根本没敢问出口。

不知是爸爸在我发现之前就及时处理了，还是对方再也没寄过，总之，打那以后我再也没看到过类似的信。

再后来，我就彻底忘记了这件事……难道那是妈妈寄来的信？

这太奇怪了，我真的没办法想象妈妈还活着。而且，我还是对爸爸持怀疑态度，尽管你可能会觉得有些好笑。

我的额头上有一道伤疤,奶奶说那是我小时候摔跤留下的。但是,每次一提到这道伤疤,爸爸都会神色慌张、如坐针毡。

我有时候就想:我的伤疤会不会是爸爸的"杰作"呢?他会不会像弄伤我一样把妈妈也给怎么样了呢?

话说回来,姐姐如果要帮我找妈妈,至少也该知道她的名字吧?可如同我之前所说,我对她简直是一无所知,所以想找到妈妈几乎是不可能的。不过,我还是要对姐姐表示衷心的感谢,谢谢你的这份心意。其实,你能够耐心地倾听我的故事,对我来说就已经足够了。有了你的安慰,我心里就像找到了妈妈一样踏实。

哦,对了,告诉你一个好消息。

既然姐姐这么替我着想,那么我也送你一份大礼吧!就是你之前一直念叨的高考试题!事先声明一下,为了寻找这套很久之前的试题,我可是在网上查了整整三天哟。还真让我给找到了!我是不是很厉害?

我一想到你看到这套试题后高兴得叫出声的样

子，心情就跟着好了起来。这次你可一定要在你姐姐面前扬眉吐气哟！你的妈妈再也不会小瞧你啦！

祝你成功！

因为有了姐姐而感到踏实的恩佑

2017年5月1日

写给带给我苦痛和磨难的恩佑

嗨,最近好吗?在等你回信的日子里,我的心情也莫名好了起来。我也不清楚上封信为什么那么晚才送到你手上,我明明一收到信就给你回信了。

谢谢你愿意把你不为人知的真实想法原原本本地告诉我。也许你觉得说完后心里舒服多了,又或者你在懊恼不该告诉我这么多……不过我觉得,偶尔向别人倒倒苦水是件好事,因为人内心的空间是有限的,如果装的东西太多,却没有发泄的出口,心里就会闷闷的,仿佛随时会爆炸。

我亲爱的妹妹,你绝对想象不到,我收到你的回信后,高兴得跳了起来,还把自己反锁在房间里跳起了舞,甚至开心地大叫了好几声——我特意把头埋到了枕头里,这样就不会被人听到了。

啊啊啊！我不是在做梦吧？这种天大的好事怎么会发生在我身上？我居然拿到了高考试题！

我认认真真地背起了那些题目和答案。平时一提到学习，我就躲得远远的，现在居然开始整天坐在书桌前学习了。爸爸妈妈甚至有些担心，以为我又被什么东西附身了，或者脑袋出了什么问题，又或者受了什么打击。不过，没出一个星期，妈妈就放下了心，并且感叹道："这孩子终于懂事了！"

看来，在妈妈眼里，只有认真学习的孩子才是懂事的孩子。

如果这封信到这里就结束了，那将是多么完美的结局啊。可命运却和我开了一个大大的玩笑，早早地在前面给我安排好了苦痛和磨难。这一切都源于你。

我亲爱的妹妹，你在跟我开玩笑，对吧？一定是这样的。求求你告诉我，你其实还有另外一份试题是跟信分开寄出的。求求你！

我是1991年参加高考，不是1992年！

我感觉天都要塌了。老天爷啊，为什么要让我失去这么宝贵的机会？我此时的感觉，就像被最信任的人在背后狠狠地捅了一刀。

再收到你的信至少是大半年以后,这意味着我的高考完全没指望了。

老天啊!各路神仙啊!为什么要让我经受这些苦难?眼看就要到手的试题就这么飞走了!我不能接受!还不如从一开始就什么都没有呢!一想到这么好的机会在我面前一溜烟飞走了,我就被内心的挫败感紧紧包围……

我现在根本无心学习。啊!这件事对我的打击实在是太大了,所以这封信就写到这里吧。希望你在收到我的下一封信之前多多保重。

本想就此打住,想了想我还是再次拿起了笔。尽管我还是气得手发抖,可又有什么办法呢?事已至此,我只能怪自己没有运气。

虽然我的高考已经没有指望了,但我们的计划可不能泡汤呀。你要知道,我可不是为了高考试题才决定帮助你的,我完全是出于好心,就是这样。

你说你对你妈妈一无所知,那你把你爸爸的信息告诉我吧。如果我能找到你爸爸并在他身边蹲守,那么我早晚也会遇到你妈妈。怎么样，我的计划还不错吧？看来我还是很聪明的嘛。

对了，你能不能想想办法，了解一下你的爸爸妈妈是怎么相遇的？可能有点难，不过这对于找到你妈妈是很有帮助的。

其实我并没有寻人的经验，所以有些怀疑自己能不能成功。不过，总会有办法找到的吧。前提是你好好协助我，像挤牙膏一样把你能打听到的情况一点一点打听出来，知道了吗？

不过，一想到要去找你爸爸，我还有点害怕呢。如果你之前的猜测是真的，也就是说，你爸爸把你妈妈……不不不，怎么会呢？怎么办？我现在焦虑得直啃手指甲。

还有一种可能：万一我因为过于担心你妈妈而搞砸了你爸爸妈妈的关系，该怎么办？

"姐妹，你清醒一点，这个男人很危险！"我这样跟你妈妈说是不是有点过了？

不过，我至少可以找到你爸爸，严厉告诫他："要对你未来的女儿好一点哟。"

你只需要告诉我你爸爸的信息，后续的事情就放心交给姐姐我吧，包在我身上。

时间过得可真快呀，一转眼我的高中生活就要结束了。上高中后，我总是想起你说过，未来世界的人们把初中二年级学生的心态和行为方式称为"中二病"。假如套用这一说法，那么高中三年级学生的生活状态叫"高三癌"最恰当不过了——在书桌前一坐就是一整天，整个人都被掏空了，枯燥的生活仿佛是一种不治之症。不过让我感到欣慰的是，在我等你回信期间，时间仿佛过得特别快。

希望下次收到你的来信时，我已经逃离了痛苦的高中生活，成为一名幸福的大学生了。

好害怕自己考不上啊！

我没有怪你的意思，请不要误会。

希望你身体健康，生活愉快。

　　　　　　　　　　　　　　痛失良机的姐姐
　　　　　　　　　　　　　　1991 年 10 月 12 日

写给真的很对不起的姐姐

姐姐!

我发誓,我真的是算错了时间。我真的是想帮助姐姐,绝对不是故意惹你生气,你要相信我,一定、一定要相信我。

啊啊啊!怎么会这样呢?不过事情已经发生,就算我道一百次歉,也于事无补了。我真的是想帮姐姐的!根本没想到事情会变成这样。

姐姐,姐姐,我有个金点子!

刚刚我脑海里突然闪现的一个绝妙想法,绝对可以冲淡高考试题事件给你带来的痛苦,那就是——

买乐透型彩票!

姐姐,你听说过乐透型彩票吗?这种彩票2002年才出现,按理说你没听过。简单来说,乐透型彩票是一种玩法新颖的彩票，买的人只要猜对了六个数字，就能获得一笔巨款。因为一张彩票可以让一个人一夜暴富，所以不少人在新年许愿时会默默祈祷：

"请让我中一次彩票吧！"

这说明什么？说明中彩票是全人类共同的心愿呀！虽然未成年人不能买彩票，但是到了2002年，姐姐早就成年了。

你能明白我的意思吧？

据说当年第一期乐透型彩票开奖时没有人中一等奖，不过历史马上就要被姐姐改写了，我要让你成为2002年第一个中一等奖的人！所以呢，高考试题的事情，你就原谅我，好不好？

我查了一下中奖金额，当年第二期开出来的一等奖足足有二十亿元呢！那可是二十亿呀，我的姐姐！比起这么多钱，高考什么的根本就不算什么。我要是中了二十亿，该买点什么呢？等以后咱俩见面了，你能不能借给我一点啊？

依我现在的心情，我真的好想马上查出中奖号码并告诉你。不过，姐姐现在还不清楚什么是乐透型彩票,也不知道该怎么买,万一被别人知道了就完蛋了,所以姐姐你再等等。请相信我吧!

上次听姐姐说要帮我找妈妈之后,我就恍恍惚惚的,打不起精神,仿佛被人打了一记闷棍,直到一个声音在我的耳边响起:

"傻瓜,你马上就要揭开那个秘密了!"

我一下子就清醒了。没错,跟姐姐通信这件事绝对不是偶然事件,而是上天给我们两个人的机会:让我揭开妈妈身上的秘密,让姐姐改变人生轨迹。

那就拜托姐姐了!我也会尽力的!

姐姐说需要我爸爸的信息,对吧?想到要跟姐姐聊爸爸的事,我的心情有些复杂,因为我突然意识到,在姐姐生活的世界里,爸爸还不到二十岁。

姐姐有没有想象过自己的爸爸年轻时候的样子呢?我一次都没有想象过。怎么说呢?那种感觉,跟想象自己老了以后的样子有些类似。

真到了要开口的时候,我才吃惊地意识到,我对爸爸的了解真是少之又少。本来以为只有爸爸对我毫不关心,这样看来,我对他也好不到哪里去。你说,我们既然对彼此毫不关心,又是怎么成为父女的呢?

说实话,说起对爸爸的了解,我比家门口开超市的阿姨好不到哪里去。他个子很高,在汽车公司上班,下班的时间很晚……大概就是这些吧。最近因为谈恋爱了,他偶尔会笑一笑(真的会让人起鸡皮疙瘩),平时他就像块石头,基本上看不出任何表情变化。

不过,我认识爸爸的时间可比开超市的阿姨早得多,而且我还有秘密武器——我的爷爷奶奶。

姓名宋显哲,1973年出生于首尔,毕业于大韩大学,目前在汽车公司上班。

姐姐如果认识我爸爸的话,一定会大跌眼镜的,因为他不会开车。连车都不会开的人,怎么会到汽车公司工作呢?照我奶奶的话说,就算你再怎么喜欢一件事情,当它成为养活你的饭碗时,你就会讨厌它了。谁知道呢?没准我爸爸以前也喜欢过汽车呢。

爸爸的身高是一百八十六厘米,体重是一百千克。为了让你更加直观地感受一下爸爸的体形,我来简单描述一下:他穿衬衫的时候,扣子和扣子之间的部分会被撑开，肚子那里尤其突出；他满身脂肪，一点肌肉都没有。

这就是我知道的全部了，连我自己都觉得少得可怜。单单凭借这么一点点信息，想要找到爸爸，难度堪比大海捞针吧？因此，为了姐姐的寻人计划进展顺利，我还鼓起了勇气问爸爸："爸爸上学的时候是什么样子？"

我终于鼓起勇气问爸爸了。

不瞒你说，为了把这个问题问出口，我在心里至少练习了三百遍。或许姐姐会想：这有什么大不了的，至于这么夸张吗？可我跟爸爸的关系……真的很尴尬。

问完之后，我的脸一下子涨得通红。万一爸爸对我的问题听而不闻呢？万一他说这不关我的事，或反过来问我想知道这些是想干什么，我该怎么说？……我的脑子里闪过了一万个念头。

我担心的这些情况全都没有出现，反倒是爸爸好像对我突然的关心感到很好奇。我问他这有什么好奇的，爸爸这样说道：

"我很好奇：像你这个年纪的女孩子，会想些什么呢？"

爸爸说，他以前从来没有参与过女孩子的成长历程，所以对女孩子的想法感到很好奇。你知道那一刻我是怎么想的吗？

爸爸是第一次当爸爸，而我也是第一次当女儿。

既然大家都是第一次，好好相处不就好了吗？可也正是因为大家都是第一次，所以才不够了解对方。

接下来，爸爸第一次在我面前提起了妈妈。

听爸爸说起妈妈的那一刻，我心里"咯噔"一下，然后心脏狂跳不止。那一刻，我甚至能感觉到手指尖的血管都在跳个不停。

爸爸说，他第一次见到妈妈是在大学里。

重点是，爸爸在说这些话的时候，脸上露出了羞涩的微笑。

你能相信吗？我的爸爸居然会羞涩地笑——如同一个坠入爱河的正面对心爱姑娘的少年，又仿佛一朵春日里待放的花。有点可笑吧？怎么能用花来形容一个四十多岁的中年男人呢？

看着爸爸的模样，我内心的好奇越发强烈。尽管

我暗暗告诫自己"千万不要啊!",可没办法,我还是不由自主地问出了那个一直萦绕在我心中的问题:

"爸爸是更喜欢妈妈,还是更喜欢正在跟你交往的阿姨呢?"

没错,我居然问出了这个最糟糕的问题。

刚刚还像春风般和煦的气氛,一下子就冷到了冰点。爸爸陡然面如死灰。谈话就这么结束了。

从此,爸爸再也没有提起过这个话题。

换作以前,面对沉默不语的爸爸,我会感到害怕,但是这次我没有害怕,因为我知道在遥远的过去,还有姐姐站在我身后。

不过,我感觉再想从爸爸身上打听过去的事情,应该会比较困难。实在抱歉,虽然我做了努力,但结果却不尽如人意。看来我需要去趟奶奶家了。

再次向姐姐表示感谢!

来自未来的恩佑

2017 年 5 月 10 日

22

写给我最信任的妹妹

啊!

问好就省略了吧,我有更紧急的事情要问你。

二十亿,那可是二十亿啊!你知道吗?读信的时候,我兴奋得大叫了起来!妈妈还以为家里着火了呢。后来,她发现根本没事后,狠狠地在我的后背上拍了一巴掌。不过,我一点都没感觉到疼。

你说的那个什么乐透型彩票,一等奖真的有那么多钱吗?真的比住宅彩票还厉害吗?那就请你快快查出中奖号码,到时候告诉我吧!

哎呀,我可不是为了彩票才答应帮你找爸爸妈妈的!你看,到目前为止,我并没有从跟你的通信中得到任何好处,对吧?我的高考也泡汤了……所以,我的意思是……

我一定想尽办法帮你找到你的爸爸妈妈！拉钩！

说实话，上次给你回信后我内心一直无法平静。我一边准备考试，一边想着没准我需要的试题你是跟信分开寄出的，我随时都能收到。就在这种纠结之中，我不知不觉成了一名大学生。尽管我上的大学不如姐姐的好，但爸爸妈妈已经相当满意了。

"哎呀，本来还担心考不上呢。不管什么大学，能考上就谢天谢地啦！"

这大概就是爸爸妈妈的心声吧。有时候我真的觉得，别人对你没有期待，好像也不是件坏事。

比起高中，大学简直就是天堂，所有的事情都安排在上午9点之后。这就是我梦想中的生活！我再也不用从清晨埋头学习到深夜了！当然，也有一些人会延续高中时期的苦学作风。这完全取决于个人的想法。没错，准确地说，大学生和高中生的差别就在于能否按照自己的意志做出选择。读高中时，不管喜欢与否，所有学生都得乖乖坐在课桌前；上了大学后，不管是课程还是社团活动，学生都可以只选择自己喜欢的。

在大家进入大学的时候，老天爷会平等地对待每个人的愿望。

想学习？那就学吧。

想让心中的美好世界变成现实？那就去做吧。

想谈恋爱？那就去约会吧。

当然，老天爷也问了我。我回答说，我想尽情玩乐。老天爷的回答简单又直接："那还愣着干吗？快去玩吧！"

最近我喜欢坐在草地上，一边听歌，一边尽情享受自由。进入大学后，我发现了一个全新的、完全陌生的自己。你要是知道我有多喜欢玩的话，一定会惊掉下巴的。我还开始喝酒了。当然了，为此我必须忍受妈妈没完没了的唠叨。不过无所谓，我必须给在三年高中生活中饱受煎熬的自己一些补偿。

说了这么多，不知道你对我的大学生活有没有一些了解了呢？不过，既然你生活在遥远的21世纪，想必你那里的大学生活完全是另一番景象。你最近怎么样？过得好吗？

对了，你说你爸爸上的是大韩大学，对吧？看来你爸爸学习还不错嘛。不用想也知道，他肯定是个每天只知道读书的书呆子，所以才这么不懂女儿的心思。唉，想想都觉得很难办，我已经开始觉得累了。

因为我姐姐，所以我十分了解学习好的人。他们总是觉得自己是这个世界上最厉害的人；他们只会一门心思地学习，把学习当成人生的全部；他们甚至看不起学习差的人……因此，我根本没办法跟这样的人做朋友。实话实说吧，我认识的人里没有一个考上大韩大学，包括我那学习一向很好的姐姐。这足以说明一切。因此，你肯定能想象到，听说你爸爸读的是大韩大学后，我心里多么没底。

到底怎么才能找到你爸爸呢？我思来想去，最后决定硬着头皮豁出去。

我毫无计划地直接来到了大韩大学。没想到，大韩大学的校园面积居然是我们学校的两倍。

我一定是疯了吧？直到今天，给你写这封信的时候，我仍然觉得自己的行为不可思议。不过，当时我真的天真地以为只要去了就可以找到你爸爸，毕竟放眼整个大韩大学，像你爸爸这样又高又胖的人并不多，应该能一眼看到吧。可事实上，我不管怎么瞪大眼睛努力寻找，都没看到你爸爸的影子。这个时候我才意识到，好像除了你爸爸的名字，我手中没有任何关于他的线索。

仅凭一个名字我就直接冲到大韩大学去了，我当时究竟是怎么想的呢？我不由得想起了爸爸妈妈时常挂在嘴边的一句话：

"你是不是缺心眼？"

我在大韩大学晃荡半天后，还意识到了另一个问题：你爸爸的名字比我想象的常见多了。

就在我在校园里徘徊的时候，有个男生可能是看我可怜吧，走到我身边问道：

"你是新生吗？"

嗯，虽然不是这所学校的，但我好歹也算是个新生吧，于是我点了点头。

"你是迷路了吗？"

听他这么一问，我还有点懵。

"我不是找不到地方，我是在找人。你认识一个叫宋显哲的人吗？长得高高壮壮的。"

那个男生的表情一下子变得微妙起来。他说："认识倒是认识……"

嘿,我这是走了什么狗屎运!

于是我便跟那个男生说我有非常紧急的事情,请他赶快带我去见宋显哲。他热情地答应了。

"那你跟我走吧。"

我们从学校的大门出发,经过三栋建筑后,开始爬一座小山,然后经过一个莲花池,穿过一片草地,才终于到达目的地。我敢把手放在胸口发誓,这绝对是我走过的最难走的路。

起初,我觉得那个男生是为了我才费这么大劲的,心里特别过意不去,于是便提出下次请他喝咖啡。事情到这里都还算正常。而且说实话,那个男生看起来还有点像我喜欢的一个明星呢,温柔又帅气。

"喝咖啡当然好啊,不过如果你有时间的话,能不能听我讲讲我的故事?"

天呐,一个长得像我喜欢的明星的男生要给我讲他的故事!就算让我听一整天也没问题呀!此时的我,还没有意识到问题的严重性。

"我看你面色红润,是特别有福气的样子。人如果敬重祖先神灵，自然就会有福报。你家里是不是非常重视祭祖呀？"

该死，居然遇到了传说中的传道士。你根本无法想象，从这一刻开始，我被迫接收了多少关于福报、祭祀、祖先、道法的内容。

还好，在我的耳朵废掉之前，我见到了宋显哲。

准确地说，是宋显哲教授。

一位满头白发的长者。

你知道我有多慌张吗？那一刻，我甚至想破窗而逃。

就在我要放弃寻找的时候，我想起了你说的乐透型彩票。

没错，丢脸只是一时的，大奖才是永恒的！我在心里把这句话反复默念了好几遍，便硬着头皮继续寻找，结果还真让我又找到了一位宋显哲。

这位宋显哲可不是教授。他出生于1973年，个子也很高。由于你说你爸爸在汽车公司工作，所以一开始我把搜寻重点放在了汽车工程系和机械工程系。没想到，这次找到的是一名美术生。

刚见到他时，我确实也没抱什么希望，因为你说你爸爸足足有一百千克，可这个人却瘦瘦弱弱的，我基本确定他不是我要找的人。

气氛尴尬极了。我认为，当务之急是先确认这个人是不是你爸爸，然后再决定接下来采取什么行动。于是，我开口问道：

"你有女朋友吗？"

"为什么这么问？"

"因为我有些事情需要确认。能不能麻烦你直接回答我的问题？"

反正我的脸早就丢光了，所以我的脑子里只有帮你完成心愿这一个信念。

"没有。"

"下一个问题：请问你是不是之前胖过，后来减肥成功了？"

面对这么无礼的问题，这位有可能是你爸爸的宋显哲"噗嗤"一声笑了。

"没有，我是长不胖的体质。"

到这里对话其实就该结束了，不过我可能还是想做一下最终确认吧，于是问了一个本不该问的问题。

"请问你将来有生女儿的打算吗？"

美术生看起来要吓晕了，仿佛我刚刚是在向他提议一起生个女儿。

试想一下，如果有一个陌生男子突然找到你，上下打量你不说，还问你将来生孩子的打算，你会是什么反应？肯定是害怕得全身的汗毛都竖起来了。宋显哲也不例外。

"你到底是谁？"

"抱歉，我不能告诉你。不过，你不是我要找的人，打扰了。"

说完，我大步走出了房间。很明显，眼前的这个宋显哲并不是你爸爸。这个人既不臃肿肥胖，也不沉默寡言。恰恰相反，他眉清目秀，手指纤长，说话语气温柔，整个人看起来像一个只知道埋头学习的富家少爷，怎么也不像一个不关心女儿，一声不吭就把结婚对象领回家的男人。

这个男生应该会觉得我是一个头脑不正常的疯女人吧。不管怎样，我的第二次挑战也以失败告终了。

我本来以为这次回信能告诉你好消息的，现在看来，仅凭我掌握的信息，想要找到你爸爸不太可能。我总不能把大韩大学每一个名叫宋显哲的人都找来问一遍吧？所以呢，我需要你再加把劲，多提供些信息，要是有照片就更好了。

　　由于我最近早出晚归，每天都去大韩大学"报到"，朋友们都开玩笑说我的理想型男朋友是大韩大学的学生。我连连否认，表示其实我是要找一个人。他们又开玩笑说，没想到我已经有暗恋的对象了。托你的福，我现在稀里糊涂地成了暗恋宋显哲的女生，尽管我连你爸爸长什么样都不知道。

　　好啦，现在我准备听歌睡觉了。期盼回信。

　　"如今已是你我该分别的时刻，尽管我们遗憾地转身离开，时间总会让我们再相遇。"

你的姐姐
1992 年 9 月 25 日

又及：虽然肯定不是……不过我还是想问一下：你爸爸应该不是那种穷凶极恶的人吧？他不会动手打人吧？他应该也不是黑帮成员吧？他小时候没练过拳击什么的吧？……别多想，我只是随口问问。

写给经历了神奇的一天的姐姐

姐姐，你还好吗？不好意思，让我先笑一会儿。哈哈哈哈哈哈哈哈哈哈……啊，我的肚子……

姐姐真的好勇猛啊。你是怎么好意思开口问一个陌生的男孩子将来是不是打算生女儿的呢？哈哈哈。

本来我最近烦心事很多，心情也很糟糕，多亏了姐姐，我才能这样开怀大笑。

姐姐，大学生活真的那么美好吗？好可惜啊，我不太想考大学呢，我想用学费开一家小小的咖啡馆。不过，最近的进展依然不是很顺利，我又在找兼职工作的面试中被淘汰了。这已经是第三次了。对方说我是未成年人，需要征求父母的同意。这简直是废话，我要是能得到爸爸的同意，肯定就管他多要点零花钱了，哪里用得着出来打工。因此，我最近一直在网上找无须父母同意的兼职工作。我看了看网上的帖子，这样的工作也还有一些。

话说回来，每天吃喝玩乐的生活真的有那么好吗？我不太能理解——尤其是喝酒。我从电视上看到，很多人喝了酒之后会失去理智，做出一些奇怪的事情，比如找不到自己的家，在大街上酣睡，甚至不小心伤害身边亲近的人。

这些都是不太好的事吧？哪怕是对待最亲近的人，也应该遵守最基本的礼仪吧？一定要喝得烂醉如泥，甚至不惜把身体给搞坏吗？我实在无法理解。所以呢，姐姐以后还是少喝点酒吧！可能你会觉得我很唠叨，但这都是为了你好。

对了，就在不久前，因为爸爸对我的不尊重，我发了很大的火。

有一天，爸爸没有跟我打招呼就请那个女人来家里了，他甚至还买好了菜，要做饭给她吃。

啊，我现在想起来还是好生气啊。我跟那个女人大吵了一架。其实那个女人也知道我不喜欢她，她说我爸爸在场时和我爸爸不在场时，我的态度变化太明显了,她不可能察觉不出来。

于是我就实话实说了。

"没错,我不喜欢你。"

"我也不怎么喜欢你,因为你太没礼貌了。"

"我们以后还是好好相处吧!""我会努力让你喜欢我的!"……难道她不应该这么说吗?居然还敢说我没有礼貌?

接下来的对话更加可笑。

"既然你这么讨厌我,那你为什么还要跟我爸爸结婚呢?"

"当然是因为喜欢你爸爸,跟你一点关系都没有。你以后有了男朋友就知道了。"

真应该让你看看她那副惹人讨厌的模样!

"别用那种表情看着我,反正你以后会喜欢我的。"

这又是什么鬼话!我反驳道:"我会喜欢你?"

"肯定会的,你马上就会知道。"

她又露出了那副她特有的不可一世的表情。

"咱俩今天就把话说开了吧。你,说不喜欢我;我,也觉得你不怎么样。所以呢,我们就不要强迫自己假装喜欢对方了。"

这不是我想说的话吗？怎么被她抢先说了？现在想想我还是好生气。

"别担心，就算你求我，我也绝对不会的！"

那个女人无所谓地耸了耸肩，接着又喃喃自语般说道："收到信之后也会这样吗？"

姐姐，我发誓，我从那个女人嘴里听到了"信"这个字。

"你说什么？"

"什么？"

"你刚刚说了'信'。"

"我说了吗？"

那个女人矢口否认，可我真的听得清清楚楚。

那句话是什么意思呢？她该不会偷偷翻过我的书桌吧？她最好别被我抓住，不然我绝对不会放过她。

关于那个女人的话题就到这里吧。这次我为姐姐准备了一个好消息。我在上一封信里提过要去一趟奶奶家，我去了之后爷爷奶奶还以为我是因为爸爸要再婚的事情找他们。

奶奶好像一直在偷偷看我的脸色，但爷爷却表现得很高兴，甚至还说出了"他总不能一直自己过吧"这种话。我那一刻的心情，就算我不说你也懂吧。

我向奶奶打听了爸爸小时候的事情。照奶奶的描述，爸爸小的时候是个淘气包，整个小区就数他最不听话。那时候家里的咸菜缸、大酱缸，没一个是完好无缺的，全被他玩闹时打破了。他不光把缸都打破了，还蘸着里面的东西到处乱写乱画。简直不可思议！谁能想到我爸爸曾经是个让人头疼的捣蛋鬼呢？说这些事的时候，奶奶的嘴角一直含着笑。她滔滔不绝地讲着爸爸小时候的事情，仿佛就等着别人来问她呢。她甚至保留着爸爸小时候得的所有奖状。

奶奶还给我看了爸爸以前的照片。

这些照片上，有婴儿时期脱光了衣服在澡盆里洗澡的爸爸；有刚被爷爷骂完，满脸鼻涕和眼泪的爸爸；有穿着军训迷彩服的爸爸；有毕业典礼上和衣着夸张的奶奶站在一起的爸爸……

看这些照片的时候，我的心情有些复杂。

为什么我之前没有想到呢？其实，只要下定决心，我就可以了解到爸爸更多的我不知道的模样。

奶奶给了我一些照片,我从里面挑了一些可能有用的,打算寄给姐姐。怪不得姐姐找不到我爸爸呢!天呐,谁能想到他年轻的时候那么瘦呢?照片里爸爸穿条纹衬衫的样子真的好土啊,不过倒是比我想象中的要顺眼一些。

翻看照片时,我还暗想里面会不会夹着妈妈的照片,所以我仔仔细细地看了又看,但一张都没发现。他们到底为什么要把妈妈的照片全部都处理掉呢?

我又开始胡思乱想了。

或许,其实爸爸有女性恐惧症,既没跟女孩子谈过恋爱,也没结过婚。有一天,他突然听到大门外有婴儿的哭声,跑出去一看,发现地上有一个被遗弃的婴儿,也就是我。爸爸看我可怜,于是收养了我。可是,随着我越长越大,他没办法再正常面对我了,因为他有女性恐惧症。

嗯,是不是还挺像那么回事的?可问题是:为什么爸爸突然对那个女人敞开了心扉呢?难道他的女性恐惧症已经痊愈了吗?姐姐觉得呢?

对了，姐姐不是很好奇未来的生活是什么样子的吗？

其实我也不清楚2017年的世界是不是比过去的世界更好，毕竟我没有在过去的世界生活过。不过，我倒是知道大人们总是把"还是过去好啊！"挂在嘴边，所以可能现在的世界并没有过去的人们想象的那么美好吧。

来自不美好的未来的恩佑

2017年5月20日

写给生活在未来的妹妹

啊——

没错,这封信是以一声尖叫开头的。

深呼吸,冷静一下。现在回想起来,我还是觉得浑浑噩噩的,五脏六腑如同翻江倒海一般。好吧,让我先冷静一下,再把事情原原本本地讲给你听。我先去喝杯冰水。

先说说等待你来信的时候,我都干了些什么吧。没错,我基本上每天都在吃喝玩乐。你说得对,酒喝多了的人不仅会犯错,还会做一些清醒时绝对做不出来的事。

不过你要知道,在这个充满烦恼的世界里,人怎么可能做到每天都保持清醒呢?偶尔犯点小错也是可以原谅的吧。

不过话虽如此，我做的那件事也太丢人了。

几个月之前，我参加了一次集体相亲会。至于主办方为什么会选择让我参加……那当然是因为我的美貌了……算了，骗你有什么用呢！其实，我是替别人去的。

不过，我可是跟现场最帅的男孩牵手成功了哟。

抛开最初的尴尬不谈，那个男孩其实很会开玩笑，声音也好听，看起来温文尔雅。要不是该死的酒，我现在应该正在热恋吧……

具体的情况我也不记得了。听我朋友说，我喝多了之后，嚷嚷着要找宋显哲。

"宋显哲是谁？你为什么急着找他呢？"那个男孩问道。

你知道我是怎么回答的吗？

"他是我的乐透型彩票啊，乐透型彩票！"

那一刻，我朋友说她的心脏都要跳出来了。她赶紧捂住我的嘴巴，生怕我又开始说什么未来世界、人生逆袭之类的傻话。

"乐透型彩票是什么？"

我一把甩开我朋友的手，醉醺醺地大喊大叫道：

"嗤，你没必要知道那么多，你就说你认不认识宋显哲吧！"

然后，我就抓住那个男孩的衣领，一边摇晃，一边让他快把宋显哲交出来……

啊啊啊！

还有比这更惨的故事吗？这已经完全够格上深夜电台节目了吧？没准有主持人的安慰，我的心情能好点呢。

现在你应该相信我多么努力地在帮你找爸爸了吧？连我自己都不敢相信！那要是场梦就好了。

我已经跟老天爷说过了，要么让我戒酒，要么就让我离开这个世界吧。啊，头好痛。

唯一让我感到欣慰的是，我的世界正在慢慢向你的世界靠拢。

我家终于买电脑啦，而且是最新款哟。多亏了爸爸说，要想找到好工作，就一定要能熟练使用电脑，妈妈才同意。电脑到底是谁发明出来的呀？这么一台小小的机器居然这么聪明。妈妈每天把我找工作的事情挂在嘴边,让我把买电脑的钱赶紧赚回来。她实在是太能唠叨了,不过中心思想只有一个,就是女孩子就业很难,我现在就得着手准备。

不过我觉得比起其他女孩子,我的情况还是要好一些的,因为你是我未来生活的坚强后盾呀!我只需要努力帮你找到你爸爸就可以了。我要找到你爸爸,然后蹲守在他身边,这样就一定能找到你妈妈。

既然你已经把你爸爸的照片一起寄过来了,那我找到他还不是分分钟的事?我打算以后就住在大韩大学里。话说回来,照片里的人怎么看着有些眼熟呢?应该是我出入大韩大学的时候遇到过吧?这种可能性非常大,毕竟我最近去大韩大学的频率比去自己学校的频率还要高。

希望在下封信里我就可以跟你讲我是怎么找到你爸爸的了。这封信就写到这里吧。

总是在丢脸的姐姐

1993 年 9 月 17 日

又及：那个女人后来有没有欺负你？我可不能任你成为被人欺负的灰姑娘。我能为你做些什么呢？要不然我找到那个女人，好好地为你出口气？只要你想，我就有信心做到。期待回信。

写给令我感激不尽的姐姐

祝贺你终于有电脑了！过去没有电脑的时候，人们是怎么生活的呀？毫不夸张地说，我生活的世界已经完全被网络统治了。外星人要是想侵略地球，第一步应该征服网络。只要掌握了网络的主导权，就能控制一大批人。

我这里已经非常热了，地球仿佛要热化了，让人有种世界末日快要来临的感觉。我真的很不喜欢在这样的天气出门，因为我最讨厌出汗了。不过读完姐姐的信后，我瞬间觉得凉爽多了。哪怕只是在脑海里想象一下姐姐找到那个女人为我出气的情景，我也像吃了薄荷糖一样舒爽。

我对姐姐既有感激，又有愧疚。到目前为止，我还没能帮姐姐什么忙，而你为了帮我找到爸爸，闹出了那么多糗事……我也没想到，我爸爸年轻的时候居然那么瘦。实在对不起，如果我能早一点拿到那些照片的话，姐姐就不用走那么多弯路了。

看到姐姐这么用心，我也开始了我的"情报打探行动"。为了不让我再打听妈妈的事，只要我一提"过去"两个字，爸爸就会马上闭嘴。这让我很难不胡思乱想，于是我想出了一个好办法——利用那个女人。那个女人嘴巴还挺严，貌似并没有把我说讨厌她的事情告诉爸爸。

而且，那个女人和我之间仿佛有一种默契。当然，我可不是说我跟她心意相通或者聊得来，更不是说我对她产生了好感。绝对没有！只不过我们都会在爸爸面前假装友好，等爸爸走开了就恢复冷漠。从某种意义上说，这也是一种默契吧。

我和那个女人进行第一次交易的契机，源自他俩的新婚旅行计划。当时爸爸正跟她一起挑选旅行的目的地，我看到后，气得心里直冒火。

不知道爸爸是不是心虚了，他看了看我的脸色，然后提议我跟他们一起去旅行。

我还从来没有跟爸爸一起出国旅行过呢。不光出国旅行次数为零，国内旅行也没几次。现在想想，我俩甚至连电梯都没怎么一起乘过。我俩上次的新年旅行，可把我别扭坏了。

不过，惊讶的不止我一个人。那个女人也像吃了苍蝇一样，脸上的表情一下子就扭曲起来。嗤，我才不想跟去看她的脸色呢。

"你真的要跟我们一起去旅行吗？"

爸爸前脚刚出去接一个工作电话，那个女人后脚就质问我。本来，就算她求我，我也不会去，可她这么一问，我立刻产生了逆反心理。

"不行吗？"

"这可是我俩的新婚旅行。新——婚——旅——行，是刚结婚的夫妻一起去的，你瞎掺和什么？"

真倒胃口。

"我可是未成年人，你们一周都不在的话，谁来照顾我呢？"

"你都多大了，还需要人照顾？"

"反正我就是要去。"

哈哈，姐姐应该看看当时那个女人气到手抖的样子，简直大快人心。

"趁我还没发火，赶快收手吧。"

"我偏不。"

"你怎么总做会令自己后悔的事呢？"

"你说谁会后悔？"

"很快你就会为你对我没礼貌感到后悔。"

"这话是什么意思？"

"我说过的呀，反正你以后会喜欢我的。"

又是这套话术！我讨厌这个女人的一百万条理由就包括这一条——她总是能理直气壮地说一些毫无根据的话。尤其是她的表情，仿佛在向我宣告："你可逃不出我的手掌心，你在想什么我全都知道。"每次看到她这副模样，我都觉得怪怪的，心情一下子就变得糟糕起来。那种感觉就像自己明明打了伞，可最后还是浑身都被雨淋透了。

"那天你说的那句话是什么意思？"

"哪句话？"

"上次你不是说过什么'信'之类的话吗？"

我下定决心，这次一定要问出个所以然来，我再也不要被她牵着鼻子走了。

没想到那个女人把手放到嘴边，做了个拉拉链的动作。

她想表达什么？这不就是"我知道却不想告诉你"的意思吗？也就是说，她肯定知道姐姐和我通信的事情咯？哼，现在想想我还是觉得好生气。

"你都知道些什么？爸爸也知道吗？"

"我听不懂你在说什么。"

烦死了！她总是这样，从不痛痛快快地回答问题，非要看我着急上火的模样。这又不是什么猜谜游戏！

"好吧，既然阿姨非要这样做，那我也就不再忍下去了。"

"你想耍什么花招？"

"你们刚刚说新婚旅行要去哪里来着？好像是夏威夷吧？"

"你这是在威胁我吗？"

面对我的挑衅，那个女人眉头紧锁。这是她准备随时应战的信号，可我一点都不想和她吵架。面对无法沟通的敌人，愚蠢的人才会选择开战，聪明的人会选择谋利。

于是我提出了一个建议。

"如果阿姨能答应我一个请求的话，跟你们一起去旅行的事我就再考虑考虑。"

那个女人一脸狐疑地看着我，眼神仿佛在说"你这个小丫头葫芦里究竟卖的什么药？"。

"我需要你帮我搜集一些我爸爸的信息，还有我妈妈的。"

"你说什么？"

那个女人以为自己听错了。我告诉她，在接受新妈妈之前，我想了解爸爸妈妈的故事。

"爸爸怎么都不肯给我讲妈妈的事。"

"既然他连自己的女儿都不肯告诉，又怎么会告诉我呢？何况还是他前任妻子的事呢？"

"不愿意就算了。"

这场交易因为爸爸回来了而中止，我以为事情到这里就结束了。可是，姐姐，你知道吗？那个女人真的搞到了情报！

几天后，那个女人给我发来了一条简短的信息："记得遵守约定。"

此外，还有一个名为"宋显哲信息簿"的附件。我点开一看，她居然把爸爸的信息整理成了一份演示文稿！这也太厉害了吧！明明之前她还做出一副不会帮我的样子。果然，那个女人不简单，她做的任何事情都会超乎你的想象。

那个女人提供的资料表明，爸爸小时候是个捣蛋鬼（同奶奶说的一样），可上了初中后他的性格发生了很大的变化，所有认识他的人都说他像完全变了一个人。演示文稿里说，爸爸之所以会收敛性子，好像是因为担心别人会在背后说他是个被宠坏的、没有教养的独生子。总之，爸爸就此变成了一个非常照顾别人感受的人，尽管这种照顾并没有落在我的身上。

更让我吃惊的是，爸爸其实是有驾照的。我一直以为爸爸不喜欢开车，所以没有考驾照，但是资料上说他好像遭遇过车祸，后来就不再碰方向盘了。

还有，爸爸有恐高症，所以没办法玩刺激的游乐项目。看到这里，我的火气一下子就冒了出来。爸爸没有带我去过游乐园,一次都没有!那个女人是怎么知道他玩不了刺激的游乐项目的呢?他俩该不会去游乐园约过会吧?啊——光是想想我就觉得很生气!

更令人震惊的是,爸爸居然在减肥!难怪最近他不怎么吃晚饭。哼,肯定是那个女人以婚礼为借口强迫爸爸减肥,不然身材一直都壮硕的爸爸(至少我认识他的时候他就已经这样了)怎么会下决心减肥呢?她算老几啊,凭什么让爸爸减肥?爸爸又是怎么回事,为什么那么听她的话呢?总之,这件事情让我很是恼火。

哦,对了,有一条信息我想告诉姐姐。爸爸上大学的时候加入过一个名叫"DOS AND WINDOW"的计算机社团,不知道这条信息对找我爸爸这件事有没有帮助。

最让我吃惊的是,资料上说是妈妈上大学时先追的爸爸。你能想象吗?妈妈居然会跟在爸爸的屁股后面!当然,如果这条信息出自爸爸之口,可信度就比较低了。妈妈又不在,我怎么能确定这是真的呢?

其余的都是对找我爸爸这件事没什么帮助的信

息，比如爸爸喜欢喝烧酒，以及他为了我这些年来从没谈过恋爱。我对这些一点兴趣都没有。

不过，我觉得这些信息对我还是很有用的，所以我决定继续跟那个女人做交易，这样我就能更多地了解爸爸妈妈的过去了，而她可以得到爸爸的现在。

姐姐不觉得这是个非常不错的交易吗？我拜托她继续帮我搜集妈妈的信息，还说如果她能帮我找到一张妈妈的照片，我愿意答应她提的任何要求。

我以为她会欣然接受我的提议，可她却眯起眼睛拒绝了我。也是，事情不能总是那么顺利吧？于是，我主动提起了一件会让她开心的事情——我的"独立生活计划"。

在我看来，如果我离开家的话，她和爸爸两个人一起生活会更开心。但是，我好像想错了。你知道她说什么吗？

"抱歉，不可以。"

"为什么？我离开家的话，你不就可以和爸爸两个人幸福地生活在一起了吗？"

"我总不能为了我的幸福，让你成为离家出走的问题少女吧?"

"谁说我是问题少女?"

我质问她为什么现在突然装出一副忍辱负重的模样,是不是想假惺惺地扮演好妈妈的角色。

"我可没有半点这种想法,只是我的职业不允许这样的情况发生。"

"阿姨的职业是什么?"

"警察。"

我惊讶得张大了嘴巴,一句话也说不出来。情况变复杂了,我居然跟一个警察说我要离家出走。

"我上次好像跟你说过啊。"

"因为我对阿姨没什么兴趣。"

我决定最大限度地保持镇定,反正我也不会立刻就离开家。不过,万一有一天那个女人把我的计划告诉了爸爸,那么不光我之前攒的钱会被没收,保不齐从此以后我再也不会有零花钱了。

"那我就再郑重地说一次,就算你对我不感兴趣,也请听好了:我的工作主要是帮助和引导问题青少年,以及为离家出走后陷入困境的青少年提供帮助。"

我不禁冷笑了一声。真不知道在她这里离家出走的青少年怎么就那么容易陷入困境。

"离家出走的青少年一般会陷入什么样的困境呢？"

"遭遇性侵犯、人口贩卖和器官贩卖等等。"

啊？她是在吓唬我吧？

"不是所有离开家的青少年都会成为受害者啊，况且我是独立生活，不是离家出走。"

"我们一般把十五岁青少年口中的独立生活，看作离家出走。"

"我不在乎别人的想法。我希望阿姨少管我的事。"

我尽可能地让自己看起来很没有礼貌。只有让她讨厌我，我才能顺利实施我的"独立生活计划"。我要让她意识到，跟我生活在同一个屋檐下，会比放弃她的职业素养更加令她痛苦。

"我之前就说过，别说这些会令自己后悔的话。我认识你的时间，远比你知道的要长得多。正因如此，我才把你看作朋友。我不能放任我的朋友走上歧途，何况你马上就要成为我的女儿了呢？"

"你这话是什么意思？"

"就是字面上的意思,你将成为我的女儿。"

"哇——这真是十五年来我听到过的最令人作呕的话。"

"我真的搞不懂,小朋友们为什么总是用这种方式表达内心的情感。难道是因为词汇量不够大吗?那不如多看看书,或者学习一下表达技巧。需要我跟你爸爸说一声吗?"

真是屋漏偏逢连夜雨。难道在这种情况下我还要多上一个补习班吗?

"我只问你一个问题。"

"请讲。"

"阿姨跟我爸爸是怎么在一起的?"

其实我一点都不好奇,也根本不想知道他们的罗曼史。我只是觉得现在的情况对我很不利,想换个话题罢了。

"这是我的隐私,我不是很想告诉你。"

我的天,她还好意思说"隐私"这两个字。她翻我的书桌偷看我的信时,怎么不觉得自己侵犯了我的隐私呢?

"不想说就算了,我可是为了你好才问的。"

"这话是什么意思?"

"其实我不知道妈妈是怎么去世的。"

"所以呢?"

"她到底是因事故还是因病去世的?没有一个人肯告诉我。不过,我可以肯定的是,只要提到妈妈,爸爸就会跟中了邪一样,甚至整个人都会变僵硬。"

"你到底想说什么?"

"谁知道呢?或许,妈妈的死亡背后藏着什么秘密呢。"

听我说完,那个女人大笑起来,那神情仿佛是一个大人在看一个不谙世事的小孩,真的很让人讨厌。

"没准我的亲生父母另有其人呢。我很有可能是走失的或者被绑架的小孩子哟。又或者,爸爸害死了妈妈……"

"噗!哈哈哈……"

那个女人忍不住爆笑起来。

"你不相信我的话吗?"

"换作你,你会信吗?"

"我家里一张妈妈的照片都没有。不光是照片，只要是跟妈妈沾边的东西都了无痕迹地消失了，仿佛谁故意清理过一般。奶奶家也一样。爸爸说是因为家里发生过火灾，那些东西全被烧掉了。这些话骗骗小孩子还行，我现在已经长大了。如果没有什么不可告人的秘密，家里怎么会一张妈妈的照片都没有呢？"

这时，那个女人好像也觉察到了异样。

"你说你爸爸故意消除了你妈妈的痕迹？"

"而且，你知道吗？我们经常搬家。通常搬到一个地方后，长的话四年之内，短的话一年之内就会再次搬家。我们在现在的房子里已经住了四年了，你知道为什么我们能在这里住四年吗？"

"不知道。"

"因为我没有说出那句话。"

"别卖关子了，说重点！"

果然警察就是警察，那个女人像审犯人一样直截了当。

"'爸爸，隔壁的阿姨问我妈妈在哪里，楼上的阿姨很好奇我妈妈是怎么去世的。'"

那个女人的眉毛高高挑起,她紧闭双唇,用犀利的眼神命令我赶快讲下去。

"只要我说有邻居问起过妈妈,我们就会搬家。"

"这是真的吗?"

当然不是,其实在我七岁那年搬到现在的房子里之后,我跟爸爸就一直住在这里。我们又不是间谍,怎么可能那么频繁地搬家呢?可我不想输给那个女人。要是现在认输的话,不就没得谈了吗?

"你要是不相信,我也没办法。"

听完我这番话,那个女人一副疑虑重重的模样。接着,她突然毫无征兆地说道:

"我也想问你一个问题:你为什么突然对你妈妈这么好奇?知道得越多,你就越有可能失望啊。"

"怎么会呢?"

"我只是说有这种可能。"

姐姐,如果我真的了解妈妈的话,我会失望吗?我以前从没想过这个问题。看着那个女人,我一句话也说不出来,像是被人打了一记闷棍。

假如爸爸绝口不提妈妈,是因为她是个坏人,那该怎么办？如果真的是那样，我却还是想念妈妈，我会不会有点不可理喻？

最终那个女人答应了继续帮我搜集妈妈的信息，前提是我放弃我的"独立生活计划"。

姐姐，我做得没错，对吧？盼望你的来信。

恩佑

2017年6月10日

写给做得没错的妹妹

来信已收到。每次读信的时候，我都会真切地感受到时光飞逝。我想起了去年发生的那场事故——汉江上的圣水大桥坍塌了。我尽管早已知道这件事情会发生，却什么也做不了。

试想一下，有一天你正在上班或者赴约的路上，脚下的大桥突然坍塌，你很可能死在这场事故里……谁能想到这样的事情会发生在自己身上呢？

不过，人总是健忘的。随着时间的流逝，曾经觉得那么可怕的事情也已经慢慢被我遗忘。这么一想，这个世界还真是残忍呢。

被人遗忘一定是一件令人悲伤的事情。一个人明明鲜活地存在过，却没有人记得他，他该多难过啊。你的妈妈应该也有这种难过的感觉吧。

我特别理解你担心了解妈妈后会感到失望,不过我觉得你的担心是多余的。

不要再反复回想那个女人说的话了。就算你的妈妈跟你想象中的样子不太一样,她也依然是你的妈妈呀。人的一生就这么长,你不要把时间花在无谓的担心上啦。

而且,家人之间的相处本来就不可能永远融洽,有时也会不和谐。

我上高中的时候,有一次我妈妈的朋友们要来我家做客,我妈妈想让我出去,不要待在家里。我一气之下,大声喊道:

"我就那么让你丢脸吗?既然这样,你只生姐姐一个不就好了,为什么还要生下我!"

这是一个十九岁的"高三癌"患者真切又凄惨的呐喊,当时我妈妈又惊讶又生气,甚至连张开的嘴巴都忘记了合上。

"我什么时候觉得妈妈让我丢脸了?就算你不洗漱就出门,就算我的朋友们来家里的时候你总是一副刚睡醒的邋遢模样,我也从来没有觉得你让我丢脸!

你知道吗?"

如同火山爆发一般,我心中的怨气像沸腾的岩浆一样喷涌而出。然后,我就冲出了家门。你问我爆发完了心里是不是很畅快?完全没有。每当我感觉自己快要冷静下来时,内心的怨气就会再次涌出。当时我脑子里唯一的想法,就是我再也不要回家了。

几个小时过去了,太阳已经落山了。我一个人待在游乐场里,自己也不知道还能坚持多久。就在我纠结要不要回家的时候,我姐姐出现了。

"你是不是理所当然地认为,一家人就应该互相喜欢、互相理解?别天真了。正因为是一家人,有时相处起来才更难。因为你是我的家人,我不仅要试着去理解你的不可理喻,还要在你跑出家门后来找你。你不要一生气就想着离家出走,我拜托你好好想想妈妈到底为什么要那么做。至少你也该努力做些改变吧?"

当然,那天姐姐的原话中还夹杂着很多不好听的话甚至是威胁,我也是第一次看到她那么生气。

总之,我想表达的是,就算是家人,你也没办法让他们成为你想要的样子。

或许从某个层面来说，家人才应该是我们付出更多时间和耐心去了解的人。

言归正传。既然那个女人答应帮你打听你妈妈的事情了，那你就等等看吧。对了，我大功告成指日可待了。为什么？

当当当当！

你猜怎么着？

我终于见到你爸爸了！

我找你爸爸的过程简直就是一部电视剧。这些日子我每天都在大韩大学的校园里"梭巡"，仿佛是非洲大陆上正在狩猎的猎人……

我现在就告诉你这些日子究竟发生了什么。

你也知道，我姐姐一向是个令爸爸妈妈自豪的完美孩子。但是，近来发生的一件事情，却让她的完美形象毁于一旦。尽管她依然是那副聪明且没礼貌的样子，可对一贯以天才自居的她来说，那件事情可是个不小的打击。

让我来为你介绍一下那件事情的来龙去脉吧。几年前，姐姐在高考中发挥失常，当时全家就像经历了一场暴风雨。以姐姐平时的成绩,她本可以轻轻松松地考上医学院或者法学院的,谁也没想到,她居然考砸了。不过,正洙学长倒是顺利地考上了法学院。

当时妈妈难受得病倒了,只能卧床休息。可没过几天,原本病病歪歪的妈妈就恢复了正常,像往常一样做起了饭。

"妈妈,你的病好了吗?"

"有什么好不好的!我每天躺在床上谁来照顾家里呢?你看看,几天没打扫,家里乱成什么样子了!拜托你也打扫下自己的房间吧……"

听到熟悉的唠叨声,我知道她已经恢复得差不多了。可是,前几天她还要死要活的,怎么一下子就恢复正常了呢?

妈妈接下来的话,消除了我的疑惑。

"你也没必要拼命学习,女孩子聪不聪明并不重要,关键是要嫁得好。我听说正洙考上了法学院,那就行了。你姐姐将来做个法官夫人或者检察官夫人,不也很好吗?"

妈妈可太厉害了!原来她心里正酝酿着一个更加

宏伟的计划。你可能会一边翻白眼一边想：难道你们生活在封建时代吗？可是说实话，我一点都没有感到惊讶。

不过，妈妈的宏伟计划最终还是化为泡影了，因为我看到了不该看到的一幕。

那天，我正在等朋友。不久前，万众瞩目的篮球盛典刚刚落下帷幕。

对了，你喜欢篮球吗？本来所有运动都无法让我提起兴趣，但现在篮球是个例外。一开始我不理解，为什么那么多运动员总是追着一个球在场上跑来跑去，可仅仅在观众席上坐了二十分钟，我就完全为这项运动所折服。

这才是真正的运动！

这是一场凝聚汗水与速度，追求纯粹与公平的竞技游戏。高大帅气的选手们在场上展开激烈的争夺，气氛紧张又刺激。篮球简直就是为我而生的运动。

整场比赛比电视剧里演的还要精彩一百倍。尽管场上没有像明星那么帅气的选手，可在体育场观看比赛的体验，是看电视剧所无法比拟的。我现在回想起来，依然兴奋得发抖。既然已经聊到这里了，那我问你一个问题：你知道这次常规赛中，是哪两支球队打败了实力强劲的业余队，进入了决赛吗？是延世队和高丽队！决赛的时候，延世队在最后三秒钟实现了逆风翻盘。你真应该亲眼见证那个时刻——简直让人激动到浑身颤抖。

我跟朋友约好见面分享这场精彩刺激的比赛的观看感受，可都已经过了我们约好的时间，那个家伙却迟迟没有出现，于是我就去附近的公共电话亭，给她的寻呼机发消息，让她赶快过来。就在我走出电话亭的时候，巷子口突然出现了一行人，我在其中发现了一张熟悉的面孔。

那正是我姐姐的男朋友，正洙学长。

问题是，不知从哪里来的一个女生正挽着他的手臂，而他丝毫没有露出讨厌或者惊慌失措的神情，反而咧着嘴，笑得十分开心。他这不是背叛了我姐姐吗？我不能袖手旁观！

其实，我这么做倒也不是因为我喜欢姐姐，或者担心妈妈再次病倒。说实话，妈妈卧病在床的时候，我并没有那么难过——谁让她平时总是把姐姐挂在嘴边的!

可我还是选择了挺身而出,我可不能容忍背叛的发生。当然,这里面多多少少也掺杂着一些多管闲事的成分。

"学长这是要去哪里呀?"

那一刻,我的表情像是电视剧里追捕犯人的警察。

"啊,哦,是恩佑啊。你怎么会在这里?"

"是呢,首尔怎么这么小,没想到我们居然在这里遇到了。"

我瞥了那个女生一眼。

"学长,这是谁呀?"那个女生问正洙学长。她好像也觉察到了一丝异样。

你知道正洙学长是怎么回答的吗?

"哦,是我朋友的妹妹。"

居然说我是他朋友的妹妹?我明明是他女朋友的妹妹好吧!那一刻,我的愤怒早已超出了我能忍耐的限度。

"看来学长最近没怎么跟我姐姐约会呢。"

"啊，哦，因为……我最近有些忙。"

是忙着跟别的女生约会吧。

"是忙着见这个人吗？"

"嗯，我们是一个社团的。"

"哦，社团啊。什么社团？"

"嗯……是计算机社团……那个，我们现在有事要忙，下次再聊吧。"

说什么计算机社团，不过是个借口罢了。我看你往哪里逃！

我瞪着眼睛，看向从我身边经过的正洙学长……不，那个负心汉。接着，我突然意识到——

大韩大学！

我猛然想到，正洙学长考上的是大韩大学的法学院。接着，我又想到你信中提到的计算机社团……那一刻，没等我的大脑反应过来，我便脱口而出：

"DOS AND WINDOW！"

我不假思索地喊出了这个名字，声音大到在场的所有人都停下来看着我。那一刻的我，看起来像个彻头彻尾的疯女人。

"你认识宋显哲吗？宋显哲！"

我的话音刚落，他们所有人的目光都看向了一个男生。那个男生迟疑地举起了手，说道：

"我……就是宋显哲。"

下一秒，我跟那个男生同时喊出了声。你还记得上次我跟你说过的美术学院的那个宋显哲吗？没错，那个富家少爷！就是在我问他将来想不想生女儿的时候差点吓晕了的那个男生！

怪不得我看到你寄来的照片时觉得眼熟！那个宋显哲就是你的爸爸。谁能想到学美术的人会去汽车公司上班呢……没错，所有一切都对上了。我起了一身的鸡皮疙瘩。那一刻我才意识到，原来汽车公司里并非只有学理工科的人。

世界真小啊！你爸爸怎么会跟正洙学长在同一个社团呢？

从现在起，我没什么好担心的了。

我跟正洙学长说，我也想加入他们的"DOS AND WINDOW"。由于我不是大韩大学的学生，所以申请加入他们的社团比较困难。不过，谁让我手里有正洙学长的把柄呢?

　　差不多等到下周吧,我就能正式参加"DOS AND WINDOW"的活动了。敬请期待吧。

　　　　　　　　　　　　　　　来自过去的姐姐
　　　　　　　　　　　　　　　1995年2月20日

写给来自过去的姐姐

真的?你说的是真的吗?姐姐你知道吗?我现在也起了一身的鸡皮疙瘩。你真的太厉害了!不愧是我的姐姐!

我没想到姐姐真的能找到我爸爸。

没准你真的能帮我找到我妈妈,对吧?我不是在做梦吧?

我高兴得要疯掉了。我妈妈会是一个什么样的人呢?她有跟我相像的地方吗?她和我爸爸是怎么相遇的呢?为什么所有人都想隐瞒她的存在呢?我简直不敢相信,一直以来藏在我心底的谜团就要被一一解开了。我甚至有些手足无措。

先告诉你一个不太好的消息。

那个女人发来信息说,想要找到我妈妈的照片实在太难了,可能还需要一段时间。不过,我可不会消极等待。不知道为什么,我总觉得那个女人是在拖延时间。

于是,我就给她施加了一点压力。我告诉她,婚礼就在眼前,如果她再不加快速度,我很难做出让步。那个女人理所当然地无视了我的信息。当然,我也不会就这么任她无视我。

我要让她看看,无视我的代价到底有多大。我有没有跟你说过我爸爸最近正在努力缓和我和他之间的关系?

于是,那个女人左思右想都没选定的床,我帮他们选定了。我甚至还在网上帮他们选了一套满是蕾丝花边,极其华丽同时也极其幼稚的床单被罩。哈哈。

我把床的照片发给了那个女人,同时发了一句"这只是个开始哟"作为警告。

然后,我收到了她的回复。她威胁我别做傻事,再做一次的话,她就会把我们之间的交易全部告诉爸爸。她还说,床这件事她绝对不会善罢甘休,一定会报仇的。

因此，我现在正在遭受她口中的"报仇"。太可怕了！那个女人居然来我家里监视我，她简直把我家当成了她自己的家。就在我写这封信的时候，她又突然出现在我家，甚至自己去拿西瓜吃。

昨天还发生了一件更可怕的事。

她让我别想着离开这个家，不管是离家出走还是独立生活。不过，我早就想到她会这么说，所以也没怎么惊讶，只是觉得很烦罢了。可接下来，她的话让我大吃一惊。

"这个型号你穿会不会太小了？"那个女人居然举着我的内衣问道。

那一刻，我的尖叫声划破了天际。我一边尖叫，一边冲向她，从她手中抢走了我的内衣。

"你要干什么？"

"你至于叫这么大声吗？"

姐姐，你真应该看看她的脸皮有多厚。

"我问你要干什么！"

"我只不过是想问问你，这个型号的内衣你穿会不会太小。"

"你凭什么偷看我的内衣！"

"看了又怎样？刚刚奶奶过来晾衣服，我一下子就发现这款内衣不适合你。这是什么时候买的？上小学的时候吗？你现在这个年纪，已经不适合穿运动内衣了。"

"我穿什么内衣跟你有什么关系？"

"你知道女孩子的身体需要细心呵护吗？内衣跟运动鞋一样，都要穿适合自己的型号。"

"谁让你跟我说这些了？再让我发现你动我的东西，我是不会放过你的！"

扔下这句话，我便用我全身的力气"哐"的一声关上了房门。

我气疯了，感觉自尊心受到了巨大的伤害。我穿什么型号的内衣合适，上网一查就知道了，根本不需要她告诉我。真是太过分了！那个女人是我在这个世界上最讨厌的人！我讨厌死她了！

好，那就开战吧。

我再也无法生活在她的监视之下，我和她是时候一决胜负了。

我看了看前面的内容，好像我一直在发脾气，一点妈妈的信息都没提供。实在很抱歉。下次不管用什么办法，我都要多搜集一些信息给你。

哦，对了，我刚刚才想到，2002年不光是姐姐买乐透型彩票中大奖改变命运的年份，也是我出生的年份呢。也就是说，从2002年开始，姐姐和我就会生活在同一个世界上啦。虽然2002年我还只是个刚出生的婴儿，但至少我和姐姐已经生活在同一片蓝天下，呼吸着同样的空气了。

到时候姐姐能不能找到我呢？我也会努力在现在的世界里找到姐姐。这样，不管是过去、现在还是未来，我们都会相遇、相识，我们之间的缘分就会一直一直延续下去啦。

想想就觉得很美好。好兴奋呀。

期盼你的来信。

      正在被监视的可怜的妹妹
      2017年6月20日

28

写给可怜的妹妹

读你的信的时候,我由于笑个不停,还被妈妈骂了几句。不管是你还是那个女人,好像都遇到了旗鼓相当的对手呢。我知道你看到我下面的话肯定会气急败坏地否认,但是我真的觉得你们俩很合得来,正所谓不打不相识嘛。反正她是你爸爸的结婚对象,以后会是你的家人,你何不趁这个机会把她变成自己人呢?你认真考虑一下,别光顾着生气啦。

最近,我就像小说里不希望最后一片叶子凋落的少女,每天都在悲春伤秋。转眼间我就要毕业了,可我还没有做好找工作的准备。看来掌握电脑技术对就业也没什么大用啊。唉,这个冬天过去之后,我幸福的大学生活也要随之结束了。

像这样的日子,应该去街头的小吃铺,配着烧酒喝一碗热乎乎的鱼饼汤。恩佑啊,你可快点长大吧。等你长大以后,我们就找个时间坐下来,一边喝酒一边聊我们通信的故事,怎么样?

我上次跟你说过,通过一些"非常规"手段,我成功加入了"DOS AND WINDOW"。平时我最多也就参加一下社团的庆功活动,或者在社团的办公室露个脸。我身上有更加重要的任务,那就是跟在你爸爸身边,密切监视他。可不管怎么看,我都觉得你口中的爸爸跟我认识的宋显哲相差甚远。你不是说你爸爸是个闷葫芦,而且很害怕你吗?宋显哲可一点都不像这样的人啊。

到目前为止,看起来像你妈妈的人还没有出现。当然,对你爸爸感兴趣的女生很多,不过她们都没能坚持太长时间,因为我向她们问了一个问题,而几乎所有人听完之后都被吓跑了。

"你想给显哲生女儿吗?"

这个问题一定能准确地帮我分辨出谁是你妈妈。

面对我的问题,大部分人的反应是这样的:

"你说什么呢?我为什么要给显哲学长生孩子?"

当然，当事人显哲，也就是你爸爸并不知情。

就在我想要放弃的时候，我知道了一个非常重要的消息：你爸爸准备去相亲。我一下子来了感觉。

这次对了。你的爸爸妈妈一定是在这时相遇的，该来的终于要来了。我为了告诉你结果，特意等到相亲结束之后才给你写这封信。

你爸爸相亲的时候我也在场（说我跟踪他到了现场更合适）。也就是说，我目睹了整个过程。他们两个人的约会确实挺像那么回事的。

他们一起吃饭，喝茶，在娱乐厅打游戏……宋显哲一直乐个不停，嘴就没合拢过。也就是说，那个女生很有可能就是你的妈妈。不过我可说不出祝福的话……那个女生看起来真不怎么样。

这只是我的一种感觉，倒不是说她长得奇怪或者性格乖僻。你知道人跟人第一次见面的时候，感觉很重要吧？有的人，别人都觉得他很好，可他就是跟我合不来。在我看来，那个女生就是这样的人。我第一眼就觉得，她跟显哲并不合适。

在面对"你想给显哲生女儿吗？"这个问题时，

她居然睁大了双眼回答道：

"既然要生，我希望生一个像显哲哥哥的儿子。"

你听到了吗？她想生儿子，儿子哟。

尽管我还在观察她，不过我其实不太同意她成为你的妈妈。她跟显哲完全就是两个世界的人。虽然我曾经让你别因为了解你妈妈而感到失望，可现在的情况不太一样。你要知道，不合适的两个人硬要在一起的话，双方都会很难受。

因此，我决定搞搞破坏，拆散这两个人。这种事情我最擅长了。

这事你就交给我吧，我是绝对不会让那个女生成为你妈妈的。不用谢我。我只是做了我应该做的事。

请你放心的姐姐

1995 年 11 月 13 日

又及：有件事我想你肯定感兴趣，所以特意告诉

你：自从那次被我撞破他和别的女生在一起后，正洙学长就跟姐姐彻底闹掰了。妈妈又一次病倒了，爸爸却喝起了酒——是为了庆祝。

写给我百分之百信任的姐姐

姐姐,你过得好吗?

写这封信时,我脑海里有着各种各样的想法。

嗯……你说的那个女生真的会是我妈妈吗?她到底是个什么样的人,才会让姐姐觉得她跟我爸爸不合适呢?如果她真的不怎么样的话,我希望她不是我妈妈。可万一她真的是我妈妈,我又该怎么办呢?妈妈会不会因为我的想法感到难过呢?……这些乱七八糟的想法占据了我的大脑。

姐姐,你知道吗?爸爸第一次把那个女人介绍给我的时候,其实我并没有那么讨厌她,因为爸爸说她是他的朋友。

我并非没有眼力。我不会因为爸爸说她是他的朋友,就天真地认为他们单纯是朋友。假如姐姐当时在场的话，你也绝对不会觉得他们之间有什么。

因为在他们两个人之间，我没有看出丝毫相互喜欢的感情。后来，那个女人就经常来我家，一进门就脱掉袜子窝在沙发上看电视。怎么说呢？那个女人大大咧咧的，特别不拘小节。

过了好一阵子，我才意识到他们两个好像不太对劲。有一天，我从补习班上完课回来，听到家里充满了欢声笑语，那个女人正在做饭。其实那也不算真正意义上的做饭，她只不过是把从便利店买的食品加工一下罢了，比如给辣味泡面配上饭团，再往里面加一点奶酪。

那个女人做饭的时候，爸爸在旁边咯咯地笑个不停。那时我才开始感到有些奇怪。果不其然，没过多久爸爸就宣布他打算跟那个女人结婚。从那一刻起，我便开始讨厌那个女人。

我并不是因为她要跟爸爸结婚而心生嫉妒——我可没有那么幼稚。我只是因为那个女人……和我想象中的妈妈完全不同。

我当然知道，"妈妈"并没有一个固定的形象。

就像这个世界上的人有各种各样的一样,"妈妈"也有各种各样的。可是姐姐,我从来没有见过我妈妈。你能想象当我一个人待在黑漆漆的房间里时,我对妈妈产生了多少幻想吗?

姐姐,我只是希望有一个会担心我,会为我着想的妈妈罢了。我不想要爷爷奶奶,因为他们总是因为我没有妈妈而觉得我可怜;我也不想要爸爸,因为他对我毫不关心,只想躲着我,还想方设法对我隐瞒妈妈的事情。

我想要一个这样的妈妈:她会问我在学校里过得好不好,问我晚餐想吃什么;她会追在我身后让我打扫房间,质问我成绩为什么又下降了;她偶尔会冲我唠叨,也会温柔地喊我的名字……

可那个女人……却总是瞧不起我,还会无视我。她跟我一直幻想的妈妈的样子相差甚远。

尽管姐姐说过,家人才应该是我们付出更多时间和耐心去理解的人,可我跟那个女人还算不上家人,我当然可以讨厌她,对吧?

看了姐姐的信之后,我心里也很乱。万一姐姐找到了我妈妈，可是她跟我想象的完全不一样，我该怎么办呢？

突然，我还萌生了另外一个想法：妈妈会觉得我是她想要的女儿吗？

我的心情如同考试考砸了一般糟糕。

我也想过要不要再找爸爸问一些关于妈妈的事，可每次一见到爸爸满脸笑容的样子，我就一句话也问不出口。

爸爸最近特别爱笑。我好怕我一问，爸爸的笑容就永远从他脸上消失了。看到爸爸傻笑的样子，我虽然很生气，却并不想破坏它。

胸口好闷啊，感觉快要爆炸了。

告诉你一个惊人的消息：那个女人打听到了爸爸的初恋女友的事情。我看她根本就不是警察，没准是搞情报工作的呢。当然，也可能是她抓住了爸爸不为人知的弱点。

她究竟是怎么打听到的呢？我实在是太好奇了。

"你该不会威胁爸爸了吧？还是说你对他进行了严刑拷打？"

我以为只要我这样问,她就会一脸嫌弃地告诉我她的秘诀,没想到我还是低估她了。

"怎么,不可以吗?"

"什么意思?你真的拷问爸爸了?"

"事关工作机密,我不能告诉你。"

我发誓,当时那个女人看起来冷静极了,甚至近乎残忍。

"你到底对爸爸做了什么?"

"我只不过是为了满足你的需求罢了。"

简直是个疯子。

"别担心,我并没有拷问他,在现代社会这么做可是要被抓起来的。你才多大啊,怎么会有这种封建时代的想法呢?"

尽管那个女人否认了,可我根本就不相信。于是我盯着她,继续问道:

"你确定吗?"

"确定啊。当然,我确实使用了威胁的小手段,但我发誓,我绝对没碰你爸爸一根手指头。"

"你威胁爸爸了?"

"你还想不想听情报了？你总是挑我话里的毛病的话，可就没意思了哟。"

人家都说没意思了，我还能怎么办呢？只好先退一步了。

"我知道了，你说吧。"

那个女人说爸爸的初恋女友是个很特别的人，也就是人们常说的那种思维跳跃的"四次元女孩"。她总是喜欢说一些关于未来世界的事，还喜欢喝酒。

重点是，那个女孩好像也很喜欢爸爸，这在他们那个社团里是公开的秘密。爸爸不敢相信自己喜欢的女孩恰好也喜欢自己，所以就试探了一下——他去相亲了。

为了明确那个女孩的心意，爸爸给自己安排了一次相亲。果不其然，那个女孩偷偷出现在了爸爸相亲的地方。一切都明朗了。

说到这里，姐姐应该明白了吧？

没错，这熟悉的剧情。

听那个女人讲的时候，我起了一身的鸡皮疙瘩。哇！我爸爸的初恋女友居然是姐姐！

姐姐，我知道你是为了我才偷偷调查爸爸的，我真的很感激。可拜托了，你还是注意一下吧。姐姐不该成为爸爸的初恋女友啊。如果爸爸真的喜欢你，那他什么时候才能跟我妈妈在一起呢？姐姐该不会也喜欢我爸爸吧？不是这样的吧？

非常担心姐姐的恩佑

2017 年 7 月 10 日

写给担心我因而让我很感激的妹妹

恩佑你好!来信已收到。嗯……读完你的信后,我心里只有一个想法。

哈哈哈哈哈哈!你可真是个小笨蛋!

你被那个女人给骗啦。果然,如你所说,那个女人的段位远在你之上。我基本上可以确定,她现在正在耍你。那些情报没准都是她胡编乱造的。

她说你爸爸喜欢我?她还说我是你爸爸的初恋女友?别开玩笑了,路过的阿猫阿狗都会觉得可笑的。你的爸爸,心情好时说我是他的朋友,心情不好时叫我疯子,心情一般时则说我是个烦人精。为了证明我说的是真的,我这就把我们相处的情形写给你看。

对了,这是你爸爸"被分手"后,打算第二次服兵役时我和他见面时的情形。果然,你爸爸那次的相亲对象不是你妈妈，你担心的事情并没有发生，因为他们只交往了一个月就分手了。真是太好了，连我都替你高兴。

"你真的打算再去服兵役吗？"

"这还能有假吗？"

说着，你爸爸干了一杯烧酒。他看起来心情特别差。除了这次被甩，光我知道的，他还被甩过两次。

"哪有人退役之后还回部队啊？"

"怎么啦？我就要回去敲木桩。还是部队好啊。"

"别难过了，我都说了，真正跟你有缘的人还没出现。你以后会过得很好，还会生一个漂亮的女儿。"

"你怎么老是提我那个不存在的女儿？"

"以后你就知道了。你相信我，不要回部队。"

你爸爸要是回到部队的话，不就见不到你妈妈了吗？那他俩就要成现代版的罗密欧与朱丽叶了。

啊，罗密欧，你为什么是一名军人呢？

啊，朱丽叶，因为国家需要我啊。

"来，干了这杯。我跟你说，那个女生跟你根本就不合适。"

"为什么这么说？"

伴随着烤五花肉发出的嗞嗞声，显哲端起酒杯，一饮而尽。

"当然是因为真正跟你有缘分的另有其人啰。那个女生不是你女儿的妈妈。"

"可我不是因为没缘分才被甩的。"

"那是因为什么？"

这次，我和你爸爸碰了碰杯，两人同时一饮而尽。

"因为你啊。"

嗯，我需要你集中精神，认真看接下来的内容。

"我怎么了？"

"你真的不知道吗？"

你爸爸痛苦地捶打着胸口，一副生无可恋的表情。接着，他又干了一杯，随后甩了甩酒杯，说道：

"你到底是什么居心？我究竟做错了什么？为什么我跟哪个女孩交往你都要横加阻拦？你干脆直说吧，给我个痛快！"

后来，你爸爸又灌了整整两瓶烧酒。喝醉之后，他就像冤假错案里的苦主一样，不停地哭诉自己的冤屈，还求我不要再折磨他了。

"住……住手吧！已经……足够了，嗯？别再折磨我了！服务员，来……来把剪刀，我要剪断跟她之间的孽缘。服务员！"

没想到，他都喝成这个样子了，还想着找服务员要剪刀剪断我们之间的联系。

听我讲完这些后，你还觉得我是你爸爸的初恋女友吗？我只是想努力帮你找到你妈妈罢了，没想到却成了你爸爸眼中的疯女人。好丢脸啊。所以呢，我打算短时间内先按兵不动，静静观察。也许就是因为我总是出面干扰，你的爸爸妈妈才没有顺利相遇吧。

我不知道你爸爸说我是他的初恋女友是出于什么心理。我猜，他会不会是因为害怕那个女人知道他真正的初恋女友后不开心，所以故意说了一个根本不可能的人？你爸爸可能觉得，如果我是他的初恋女友，那个女人肯定不会吃醋。

总之，这段时间我打算一边观察你爸爸，一边忙一忙自己的事。最近我的日子也不好过。你爸爸服过两年兵役，所以离毕业还早得很，而我已经毕业了，却还没找到工作，只好每天待在家里。你知道吗？毕业之后再回到学校的心情，跟上学时去学校相比，简直有着天壤之别。

最近我也很少去社团的办公室了，因为觉得有点丢脸，就像有人把"毕业生"三个字刻在了我的脸上。

家里就更别提了。妈妈说，我不工作的话就得赶紧嫁人。我当然想马上离开这个家，可问题是我既没有结婚对象，也没有钱。

要早知道是这种结果，当初我就不应该天天追在你爸爸的屁股后面，而应该多谈谈恋爱。唉，真是前途渺茫啊。就算我会在2002年买乐透型彩票中大奖，在那之前我也得先养活自己啊。我们没几年就要见面了……不对，2002年你才出生，我是不是还得等你再长大些呢？

真想快点见到你啊，生活在未来的妹妹。

想快点见到你的姐姐
1996年8月4日

写给来自未来的妹妹

是不是吓了一跳?

有紧急情况!在我等你回信期间,发生了一些非常重要的事情,我实在等不及,想早点告诉你,所以写了这封信。

这个季节的天气真是让人神清气爽。和煦的阳光,凉爽的秋风,还有远处的白云……你发现了没有?这封信的基调是粉红色的。不光是信,我生活的整个世界都充满了粉红色的泡泡,包括你爸爸。

事先说明,这封信里写的事对你我而言全都是好消息。敬请期待!

第一个好消息,我发现你爸爸正在谈一场甜甜蜜蜜的恋爱,那个女生很可能就是你妈妈。果然就像你爸爸说的那样,只要我不出面,他的恋爱就会很顺利。

不过那个女生到底是不是你妈妈，我现在还不能百分之百确定。

到目前为止，你爸爸的这场恋爱刚好谈了三个月，正值关键时刻。照我以往的经验，他一般谈三个月就会"被分手"。你爸爸说都是因为我，怎么可能呢？他自己肯定也有问题啊，干吗老是怪到我头上？

言归正传。现在跟你爸爸谈恋爱的那个女生非常漂亮。不知道是不是学过舞蹈，她身材苗条，仿佛一只优雅的白天鹅。这个女生有多优秀？宋显哲高高扬起的嘴角说明了一切。

我知道你现在一定好奇极了，不过我也不知道她到底是个什么样的人，因为你爸爸的保密工作做得实在太好了。到目前为止，我跟那个女生的关系还停留在见面时点点头的阶段，所以一切只能靠猜测。如果我写下一封信时他们还在交往的话，那她真的很可能就是你妈妈，到时候我再帮你多打探些消息。

我最近超级忙，根本没空管你爸爸的事。没错，这就是我说这封信的基调是粉红色的原因——

我恋爱了。

哈哈哈！

亲爱的恩佑呀，不要整天坐在书桌前想象你爸爸妈妈的恋爱故事啦，赶快长大，去谈一场属于你自己的恋爱吧！

爱情，简直就是一个奇迹。不管是晚上睡觉前，还是早上睁开眼时，你都能感受到胸口那令人心痒的悸动，就像春天樱花刚刚绽放时，那萦绕在你身边的如梦似幻的浪漫。

我从没想过，爱一个人和被人爱是一件这么幸福的事。说起来我还得感谢你呢，多亏有你，我才能拥有这段甜甜的爱情。

是不是很好奇？

你还记得我第一次参加集体相亲会的事吗？就是我喝醉后耍酒疯要找宋显哲那次。就是那个男孩。

我曾经追悔莫及。这辈子我到哪里才能再遇到这么完美的男孩呢？本以为事情就那样结束了，没想到真正的缘分来了，挡也挡不住啊。对了，我跟你说过不久前我找到工作了吗？

就在公司里，我再次遇到了那个男孩。他已经是一名主管了。

刚认出他时，我连死的心都有。要不要辞职？可这是我好不容易才找到的工作啊。当时我的脑子里大概有一百个想法吧。就算我单方面假装不认识他，可当时我闹得那么凶，他根本不可能不记得啊。

真是怕什么来什么，他居然还记得我的名字。

"你最近不怎么喝酒了吧？"

"啊……是的。"

"后来跟那个男生怎么样了？在一起了吗？"

"啊？那个……你好像误会了。"

"分手了？"

"不是的，我俩从来就没在一起过，他根本就不是我的男朋友。"

"哦，原来是这样。当时你那么迫切地要找那个男生，我当然以为他是你的男朋友。"

"那个……哎，实在是不好意思，说来话长，当时的情况确实有些复杂。"

从那之后，那个男孩再也没有聊起这个话题。可是每当他微笑着跟我打招呼，我都尴尬至极。那段日子，我每天都在纠结要不要辞职。

不过，这种纠结并没有持续多久。

上周的某一天，我正走在下班的路上，那个男孩叫住了我，并且向我表白了。

他说，上大学时，我喝醉后无理取闹的样子给他留下了非常深刻的印象。

"你愿意和我交往吗？"

这简直比电视剧的剧情还要出人意料。我答应了他，毕竟他又帅气又有魅力，很难让人不心动。周末，我们第一次约会。赴约之前，我为了漂漂亮亮地出现在他面前，化妆的时候画了又擦，擦了又画，不知道反反复复改了多少遍。那天我们一起看了电影，可剧情我一点都不记得了，因为我实在是太紧张了。

啊，终于，我也迎来了爱情的季节。现在我才真正体会到，爱情才是人生的美好。

恋爱中的姐姐

1996年10月26日

写给沉浸在幸福中的姐姐

姐姐,你最近应该过得很好吧?信已经收到了。

姐姐的幸福已经快溢出信纸啦。本来我还在担心姐姐的人生会不会因为我而受到影响,看到姐姐谈恋爱的消息,我才放下心来。

谈恋爱的感觉真的像姐姐说的那样美好吗?

所以爸爸才每天都笑嘻嘻的?

人们都说有时人与人之间的相遇,会让人感觉眼前的世界一下子就明亮起来。我不太明白这种感觉。

爸爸跟妈妈在过去应该也相爱过吧?那时的爸爸也会时常面带微笑吗?曾经相爱的两个人之间到底发生了什么?究竟是什么事让爸爸从此再也不肯提起妈妈了呢?

原本我想向爸爸打听一下姐姐的事的,没想到还没开口问，我就跟爸爸吵架了。

周末爸爸让我跟他一起去购物。在此之前，我从来没有跟爸爸一起逛过街，每次买东西都是和爷爷奶奶一起去的。我也从来没有想象过跟爸爸一起逛街的样子。或许这件事早就在我的心里埋下了一颗愤怒的种子吧。爸爸对此却一无所知，直到那天他彻底地惹怒了我。

"过几天就是阿姨的生日了，我想给她买一件礼物，可不知道该买什么。你跟我一起去吧。阿姨要是知道是我们俩一起挑的礼物，会很开心的。"

我之前跟姐姐说过，爸爸从来没有给我庆祝过生日。他不喜欢蛋糕，也不喜欢海带汤。每年的生日，我都是在奶奶家喝一碗海带汤就算庆祝了。可现在，他居然叫我一起去给那个女人挑选生日礼物。

我内心的怒火一下子就被点燃了。

"爸爸这个周末不加班吗？"

"那也要给阿姨买礼物啊……"

我实在太生气了，根本没心情听爸爸把话说完。

"所以，爸爸周末其实是可以不加班的，对吗？"

"这……"

"我一直以为爸爸的公司非常忙，所以你根本没有休息的时间。我小时候不管怎么求你带我去游乐园玩，你不是都要去加班吗？我哪次生日是你陪我一起过的？每当我的同学问我为什么总是跟爷爷奶奶一起出门，问我是不是不光没有妈妈也没有爸爸的时候，每当我关上房门在房间里放声大哭的时候，爸爸都在忙工作。可你现在为什么有时间了？为什么那个女人可以，我就不行呢？"

我像个疯子一样哭喊着说出这些话后，便冲出了家门。

我现在是在奶奶家给你写这封信。我离开自己家之后，爸爸曾打来电话，但是我没有接。我甚至还威胁奶奶说：

"奶奶，绝对不要让爸爸来这里。要是爸爸来的话我就离家出走，我会去一个没人知道的地方自生自灭。我连爸爸的声音都不想听到！"

虽然奶奶很好奇我和爸爸之间到底发生了什么，但我什么都没有透露。唉，我不想让爷爷奶奶跟着一起操心。

  我现在的心情就像跌入了深不见底的黑洞。假如没有我，爸爸的人生应该全部是粉红色的吧？我感觉自己像是爸爸人生中的一个污点，是我把爸爸的人生染成了黑色，最后爸爸终究是会厌烦我的。

  姐姐，你别再找我妈妈了，我现在已经无所谓了。就算你找到了她，我们也无法见面，更无法对话。

  全都没有意义。

  爸爸既然不想把妈妈的事情告诉我，肯定有他的理由吧。

  不如就维持现状吧，至少我还能保留对妈妈的美好幻想。

恩佑
2017 年 8 月 9 日

给恩佑的信

恩佑，你好呀。最近心情怎么样？

就在写这封信的此时此刻，我第一次因为我们之间遥远的距离而感到难过，要是我在你身边就好了，这样我就可以抱抱你，陪你一起骂你爸爸了。

不过我相信，你在信中说的话并不是出自真心，只是在气头上无意间说的气话罢了。你现在一定很后悔和恼火吧？想到这里，我心里别提多难受了。

你爸爸为那个女人做了没为你做过的事情，你当然应该生他的气啊。换作我，估计会被气得大吼大叫。宋显哲怎么可以这么不懂自己女儿的心呢？

第一次和你通信的时候，我只有十岁。时光飞逝，现在我已经二十六岁了。长大这件事情有好的一面，也有让人烦恼的一面。人小时候喜欢长大，是因为觉得长大就意味着离成为大人更近了，但真的成为大人后，就要担负起所有的责任，这多么令人害怕啊。最近我常常思考一个问题：长大带给我的，除了年龄的增长外，还有些什么呢？

幸好长大也有好的一面——我好像逐渐学会了理解别人。或许成长的过程，就是一个不断练习如何去理解别人的心思和感情的过程吧。

请原谅我的不知所云……

嗯，其实我想说的是，就像我理解你的心情一样，我好像也有些理解你爸爸的心情。我当然不是说你爸爸做的是对的，只是好像有一点点理解他。

你爸爸一定是为之前没能多陪陪你而感到愧疚，没准他是想做出改变，想多陪陪你，所以才这样做。因为据我了解，显哲是一定不会故意伤害女儿的心，让她难过的。

今天我在回家途中看到了一名高中生，她在游乐场里哭泣的样子简直和我想象中的你一模一样，让我心疼得不忍心就这样离开，于是我就陪她一起坐在游乐场里喝咖啡。她说她今年十七岁了，刚刚得知爸爸被公司辞退了。

最近这样的事情好像经常出现在新闻报道里，公司一家接一家地倒闭，员工纷纷遭遇裁员，全靠一家之主支撑着的家庭遭受重创，孩子们在哭泣，大人们也因此心痛不已……

一些被辞退的员工因为忍受不了生活的重压而崩溃。看到这样的新闻，我真的感到很心痛。

这一切都是因为金融危机。

整个国家变得一团糟，就像有人把它扔进了正在运转的巨大的搅拌机。

每个人都过得很艰难，所以即便面对那些让我感到生不如死的事，我也无法再开口抱怨些什么。"难受得快死掉了"好像成了禁忌语。其实，我也被公司裁掉了。公司生死未卜，当然会先裁掉我们这些资历浅的员工。当初我找到工作后，爸爸妈妈高兴地祝贺我"终于活得有模有样了"的场景还历历在目，如今我该怎么跟他们交代呀？

啊，再也无法忍受了！再也无法一本正经地装出一副大人模样了！我现在的心情很糟糕！糟糕到想吐！

为什么我们就不能一直幸福地活着呢？为什么不幸会如此狠心、如此执着地盘旋在我们头上？

现在的我就像个"抑郁集合体"，只要敲打一下我的身体，抑郁就会源源不断地从我身体里溢出来。

对了，男朋友也和我分手了。我们曾经那么相爱啊，为什么？为什么？为什么他现在回过头来说我们之间的感情根本不是爱情？你知道他拿什么借口搪塞我吗？他说，他感觉在我心里好像有比他更重要的存在。就算是找借口，也要找个像样的吧？他还不如直接说自己理想的女朋友是有能力的女孩子呢，这样的话我也不会如此气愤了。

渣滓！垃圾！

呼——好痛快！

我的嘴巴虽然痛快了，但在过去的一个星期里，不幸的事情像狂风暴雨一样席卷而来，我只能把自己关在房间里默默哭泣，满脑子都是我为什么要活在这个世界上。

这时候，有一个人给了我安慰。你知道是谁吗？

是你的爸爸，宋显哲啊。

"看来你们公司真的很不景气,不然怎么会裁掉你这样的人才呢?老板一定会后悔的。哎呀,别哭了,本来就长得难看,一哭更丑了。你知道吗?你只有笑起来的时候才看得过去。喂,你该不是为了那个男的哭吧?应该是他后悔才对啊,你有什么好哭的。"

几杯酒下肚后,显哲给了我很大的安慰。

他让我别担心,尽情喝,喝醉后他会送我回家的。我真的很感激他。

之前你不是还在担心是你爸爸把你妈妈怎么样了吗?现在你完全可以收起这种担心了,因为你爸爸真的是个好人。

我敢用我的人格担保。

别放弃啊,让我继续帮你找你妈妈吧。眼看就要成功了,怎么能收手呢?

对了,你爸爸还在跟那个漂亮的女孩谈恋爱呢。

你的郁闷鬼姐姐

1998年2月18日

写给恩佑小可爱

你好，还是我。你是不是很好奇？我明明刚写了一封信，怎么又写一封呢？真希望你的信能来得再快一些呀。

事到如今，结果渐渐明朗起来。

因为我终于跟你妈妈正式见面了。

她叫郑多情。她就像她的名字一样，善良又多情。宋显哲终于介绍我和她认识了——你不知道此前他把她藏得有多深。每次我们在路上偶然相遇，你爸爸都恨不得带着她立刻逃离我的视线。我确信，多情就是你妈妈。我已经帮你做了最后的确认。

"多情，你想和显哲生一个女儿吗？"

面对这么没头没脑的问题，多情温柔地笑了。虽然她没有回答我，可她的微笑已经给了我肯定的回答。

我确定，多情就是你妈妈。我也确定，她是个非常好的人，是你会喜欢的人。真的。

当显哲沉浸在恋爱的幸福中时，我却生活在阴郁里，迟迟走不出来。在陷得更深之前，我给显哲打了一个电话。说来可笑，除了你爸爸，我好像没有其他人可以联系。每当郁闷的时候，我都会想起你爸爸。可那家伙居然说自己很忙。我问他在忙什么，他说也没什么，就是和多情在一起喝酒。

你知道我喜欢喝酒，对吧？他们喝酒怎么能落下我呢？

真没良心！怎么能有了女朋友就忘了好朋友呢？没想到你爸爸居然是这样一个没义气的小人！

其实，要是平时，我也就任由他俩去约会了，可当时我想了又想，觉得这件事已经上升为事关义气的大事了，我实在是无法容忍。于是，我便去了他们约会的地方。就算你觉得我没眼力，我也无所谓，反正我跟你爸爸已经是多少年的朋友了。而且，万一他俩喝多了，提前有了你，该怎么办呢？你不是应该2002年才出生吗？

哈哈，没错，我现在正一边喝酒一边写信，应该算得上酒后"写"真言吧？所以，如果信的内容看起来像胡言乱语，请你多多担待。

自从被公司裁掉后，我整天待在家里借酒浇愁。我可爱的妹妹，你出生后我就可以成为富豪了吧？我可得好好感谢你。我们见面的时候你应该会叫我阿姨了吧？来，叫一声阿姨听听。

不过我很好奇：在你生活的世界里，我跟显哲还是朋友吗？还是说，我在2002年成为富豪之后，就跟显哲断了联系？人嘛，本来就是这样，成为富豪后心态是会变的。

等等。

这样看来，你的名字跟我的名字相同或许并非偶然。有没有可能你的名字是我取的？没准是我成为富豪之后，给了你爸爸一大笔钱，然后对他说："那就让你女儿跟我叫一样的名字吧！"

嗯哼。我这是在说什么胡话？

总之，你妈妈是个好人，你爸爸也是个好人。知道了吧？虽然不知道你爸爸因为什么原因要隐瞒你妈妈的事，但我希望他们之间没有发生任何不好的事。

对了，那天我跟你爸爸他们喝酒的时候，脑海里突然浮现你因为没有妈妈的照片而难过的样子，所以我连忙跑到附近的商店，买了一部一次性照相机。那天拍的照片今天刚好冲洗出来了。

照片里最左边举着烧酒杯的人就是我，我旁边的女人就是你妈妈。

怎么样，你妈妈漂亮吧？她的性格也很好哟。

宋显哲这小子，找女朋友的眼光果然不错。

写给可爱的恩佑
1998 年 3 月 27 日

写给不是阿姨的姐姐

读姐姐的信时，不，甚至是写这封回信时，我的手一直抖个不停。不仅如此，我还口干舌燥，心脏也狂跳不止。

姐姐寄给我的照片，我认真地看了很久。

可是姐姐，是不是什么地方出了差错？

不然的话，那个女人为什么会出现在姐姐给我的照片里呢？就是那个女人，那个马上就要跟爸爸结婚的女人。

不会的，不可能！那个女人怎么可能是我妈妈？

我的头像要炸开一样。她说我以后会喜欢她的，还让我不要做会令自己后悔的事，还提到了信……她的话此时不停在我耳边回荡。这到底是怎么回事？

完全说不通啊。如果那个女人是我妈妈的话，爸爸为什么要隐瞒这个事实，还要再次跟她结婚呢？

偏偏这个时候，爸爸和那个女人的电话都打不通。真是快急死我了。

刚刚那个女人打电话过来了，应该是看到手机上有几十个未接来电，还都是我打的，被吓到了吧。

"阿姨是我的妈妈吗？"

"你终于肯接受我了？比我想象的要快一些呢。不过我可不想现在就扮演你妈妈的角色，结婚之前我要好好享受一下自由生活。"

"别开玩笑了，请你认真回答我。你是生我的妈妈吗？"

我的声音在颤抖，那个女人似乎意识到了什么。一时间，我们两个人都沉默了。

"你怎么了？"

"没什么，我只是想知道事情的真相。"

"待在家里等我，我马上过去，我们见面再说。"

姐姐，那个女人说，她马上就过来。

一个不曾被我探知的世界，马上就要来到我的面前，在我的面前徐徐展现。

我正静静地等待着那个世界的到来。在这期间，除了等待，我什么都做不了。这个世界已经乱套了，所有的东西都缠在一起，我不知道从哪里下手才能把它们解开。

姐姐，不管怎样，你还是我认识的姐姐，对吧？

而我，依然是你的妹妹，对吧？

我会再给你写信的。

姐姐的妹妹恩佑

2017年9月17日

写给我的妹妹恩佑

恩佑，本来我想问问你最近过得好不好的，可想了想，我又觉得不该这么问。你见到那个女人了吗？读你的信时，我腿都软了。连我都这样，何况你呢？

我也不知道这是怎么一回事。多情真的是马上要跟你爸爸结婚的那个女人吗？该不会是她俩长得像，所以你认错人了吧？

太奇怪了！而且，到目前为止，多情和显哲两个人的感情依然很稳定。

如果多情不是你妈妈的话，你妈妈又会是谁呢？如果多情就是你妈妈的话，他们为什么要瞒着你呢？

我怎么想都想不明白。

你说过，那个女人大大咧咧的，脸皮还有些厚，这跟多情的性格完全不一样啊。

不，不会的，一定是哪里出错了。

我太想知道是怎么回事了。我简直要疯掉了。真希望你的下一封信快点到来。

来自过去的姐姐

1999 年 4 月 21 日

写给想知道到底发生了什么的姐姐

姐姐,你好吗?

我能想象,姐姐是怀着多么好奇的心情在读这封信。本来我应该马上给你写信的,可那个女人走后,我的心情复杂极了,需要一些时间来平复。

那个女人很快就来了。她来到我紧闭已久的房门前,轻轻地敲了敲。我的心脏也随着颤抖了一下。

"从现在起,我需要你如实回答我的问题。"

"在那之前,你先告诉我到底发生了什么事。"

"什么事都没有。"

"你确定什么事都没有发生吗?"

那个女人的眼里闪现犀利的光芒,透露出一定要查出真相的坚定信念。我也一样。

"我只想知道我的亲生妈妈到底是谁。"

"你继续。"

"阿姨的名字是郑多情吗?"

"现在开始关心我的姓名了,我是不是应该感到荣幸呢?"

真让人厌倦。都这个时候了,她还在兜圈子。这次我一定不会再被她牵着鼻子走了,也不会就这么稀里糊涂地把这事放过去。

"你能不能明确回答我的问题?你的名字是不是郑多情?"

一阵沉默。是,或者不是。等待答案的时候,我感觉整个世界都静止了。

"你真的很像你妈妈。"

"你认识……我妈妈吗?"

"当然,可我不会告诉你的。"

听完那个女人的话,我简直要被气疯了。我觉得整个世界都在耍我。连那个女人都认识我妈妈,可为什么就没有一个人肯告诉我呢?

"你还没做好准备,怎么能现在就告诉你呢?"

之前我问起妈妈的时候，大人们都会用"等到时候""等过些日子吧""等你再长大些吧"之类的字眼敷衍我，而这次的借口是我还没做好准备。你看，大人们多会为自己找借口啊。

"我还需要做什么准备呢？我只是想知道我的亲生妈妈是谁，你们到底还需要我做什么准备呢？"

"首先你要做的，是放弃'这个世界以我为中心'的想法。"

"什么意思？"

"这个世界绝对不会围着你转的，你只是这个世界上的一粒灰尘。"

"你说什么？"

大人们不是常常告诉自己的孩子"一定要成为世界的中心"吗？可那个女人却说，我只是这个世界上的一粒灰尘，甚至连人类成员都算不上。你能想象我当时的心情吗？

"我想说的是，你不要光想着自己，也要考虑一下别人的想法。你想过吗？当你想尽办法寻找你妈妈的时候，你爸爸是怎么做的？既然你的爸爸和爷爷奶奶都决定暂时不告诉你事情的真相,你就没想过他们真的有他们的理由吗?"

好奇怪的感觉。那个女人说的每一句话都围绕着我不停地打转,却怎么都无法进入我的耳朵。

"你再等等吧。为了告诉你真相,你爸爸已经足足等了十五年,还为此做了一整年的准备。"

那个女人用眼神告诉我,我不能再问下去了。同时我也意识到,我确实还没有做好准备。

因此,我决定耐心等待。反正到最后我总会知道的,不是吗?不管是通过姐姐,还是通过爸爸。所以,我不会再着急了。

比起那个真相,我现在更想找到姐姐。在我生活的世界里,有一种东西叫社交软件,只要搜索一个人的名字,就能找到他的照片和相关信息。如果姐姐也用社交软件的话,我应该能找到你。

可是,跟咱俩重名的人实在是太多了,找起来确实有些困难。不过,我会继续找下去的。只要姐姐成为富豪后没有故意躲着爸爸或者做整容手术,没准我很快就能找到你了,毕竟我手上有姐姐的照片了。

上次，由于照片里出现的那个女人打乱了我的节奏，所以我没顾得上告诉姐姐，能在照片上见到姐姐我好开心！我感觉跟姐姐更亲近了。见过照片后，我更加迫切地想要早点见到姐姐本人了。

哦，对了，我跟爸爸之间的关系缓和多了，尽管还是有点尴尬。不过再过一段时间，我准备找爸爸问问姐姐的事。

上次我不是去奶奶家住了吗？后来爸爸也去了。虽然我嘴上说再也不想见到他了，可心里却不是这么想的。爸爸去奶奶家接我的时候我才意识到，其实我特别担心爸爸不去接我，怕他从此再也不想见我了。

爸爸说都是他不好，才会让我们之间产生误会，他想了很久，也想不出化解误会的办法，虽然他很想马上去接我回家，可我一直嚷嚷不想见他，他怕我真的不想见他，所以才这么晚去。

他说，其实他真的很想跟我一起逛街，因为以前从来没有这样做过，但他怕他直接说的话我会拒绝，所以才想出了给阿姨买生日礼物这个借口。他还说，这个借口是他想了好几天才终于想出来的，没想到事情最后会变成这样。

这种感觉很奇怪。我一直以为爸爸想要推开我，却不知道他其实跟我有着一样的想法。看来爸爸也跟我一样害怕，害怕遭到拒绝。

"这个给你……本来想跟你一起去买的。"爸爸一边把带来的购物袋推到我面前，一边不好意思地说道。

这是我第一次收到爸爸送的礼物，整个人都有点懵懵的。天呐，你知道袋子里是什么吗？居然是一件文胸！不是运动内衣，是一件真正的文胸。

我吓了一跳，然后迅速把盒子盖上了，脸也涨得通红。爸爸的脸也红了，他干咳了几声。呃，现在想想我还是觉得好尴尬。就在这时，我脑海里浮现一个人的身影。纠结了一会后，我决定还是洒脱一点。

"替我跟阿姨说声谢谢吧。"

姐姐，你说要是一个人的心思像玻璃杯里的水一样，一下子就能看透，那该多好啊。这样的话，我跟爸爸的关系会不会更近一些呢？我们不会再互相误会和猜疑，更不用再担心自己会被对方讨厌。

怎样才能读懂别人的心呢？姐姐知道吗？
期待你的来信。

恩佑

2017 年 11 月 1 日

又及：对了，上次我就想跟姐姐说了，不知为什么，姐姐寄来的信笔迹有些模糊，像是那种钢笔没水了的淡淡的颜色。姐姐要不换支钢笔吧？

写给在未来等我的妹妹

当当当当!

终于,2000年的新年到来啦!终于进入了新世纪,这是个历史性的时刻!

好神奇,原来2000年真的会到来呀。现在我生活的世界跟你生活的世界已经很接近了,我相信离我们见面的日子也不远啦。

虽然是新的千年,但是也没什么特别的。我已经二十八岁了,除了我的朋友们大部分已经结婚或者正在计划结婚外,我的生活跟之前也没什么两样。

不知道你还记不记得,小时候我说过地球会在1999年灭亡,所以我现在突然有种重生的感觉。

读完你的信,我真的很为你骄傲。你看,我不是说过嘛,你爸爸不是坏人。向爸爸敞开心扉这件事,你做得真的很棒。我的妹妹真善良呀。

很高兴听你说显哲已经打算把你妈妈的事情告诉你了。真是太好了。其实就算不知道也没关系，你一定是在祝福声中出生的，有了你，你生活的世界更加美好了。不管你妈妈是什么样的人，不管你的爸爸妈妈之间发生过什么，接受它吧！其实没什么大不了的。

一个人想得太多，是会变拧巴的，所以想简单点比较好。有时情况越复杂，越需要简单的解决方法。

对了，你说显哲跟多情要结婚了，对吧？看来未来真的是很难预料啊。

如果多情欺负你的话，你就告诉我，哪怕是在过去的世界里，我也会教训她一顿，替你出口恶气。

再来说说我吧。

跨年那天，爸爸妈妈跟他们的朋友去看日出了。我一个人在家，边看电视边就着鱿鱼丝小酌一杯。

以后我独处的时间应该会越来越多吧。姐姐跟一个德国男人结婚后，去德国生活了。我很好奇：一句德语也不会说的姐姐，是怎么跟姐夫走到一起的呢？看来人们常说的"很聊得来，所以才会在一起"是骗人的，只要感情够深，聊不来的人也会坠入爱河。

爸爸妈妈好像也在考虑过段时间去德国生活。因为姐姐生小孩了，需要妈妈去帮着把孩子带到稍微大一些。可总不能让妈妈一个人去吧？所以爸爸也要一起过去。

我虽然还没到孤家寡人的地步，但在这种特殊的日子里却无人可约。一个人窝在房间里的滋味实在不好受。为什么这种重要的日子我总是一个人过呢？上次跟我相亲的那个男人到底看不上我哪一点呢？嗐，那个小气鬼居然说他不喜欢我聊关于未来的话题，还说我精神不正常。我也没说多少啊，何况人活着不就得向前看吗？这说明我这个人有未来意识，多好啊。

就在我全身心沉浸在抑郁的情绪里时，你爸爸拯救了我。说起来，显哲好像每次都会恰好在我需要他的时候出现。

"我就知道，这么好的日子，你肯定愁眉苦脸地自己一个人待着呢。"

"你呢？大好的日子，怎么不跟多情约会呢？"

显哲耸了耸肩膀，干了一杯烧酒。我突然意识到了什么。

"难道你们吵架了？"

"哪有这回事！有什么好吵的。"

"果然吵架了。跟女朋友吵架了只知道找朋友喝酒，你可真行。怪不得你女儿觉得你是个死脑筋。"

"你看，你又说这种奇怪的话了。每次见到你，我都觉得你真的很像个疯子。你一直这样，有时候预言谁谁谁未来会成为美国总统，可人家连竞选都没参加；有时候又说未来会出现'慢递邮箱'。你说实话，你确实有点发疯的倾向，对吧？"

你爸爸就算在钟路区被扇了一耳光，还在汉江边被狠狠瞪了一眼，也不能平白无故地冲我撒气呀！于是，我让他见识了一下我高超的打人技术。

我们在街边小摊喝了酒后，来到了广场上，在拥挤的人群中度过了1999年最后的时光。后来，我们还决定一起去看新年的日出：一是因为我很好奇2000年的太阳有什么特别之处；二是因为我实在太开心了，一点也不想回家。

我们一起听了新年钟声，还一起玩了一百元一根的仙女棒。哦，对了，我们还参加了新年许愿活动。那一刻，我虔诚地在许愿卡上写下心愿，为你和显哲的幸福而祈祷。不过，我也在许愿卡的角落里为自己写下了"希望我成功嫁出去"的小小心愿。

我不知道你爸爸许了什么愿。我问他的时候，他的回答很奇怪。

"我的心愿能不能实现，取决于你。"

既然他的心愿能不能实现跟我有关，那不用想，肯定是希望我不要老是夹在他和多情中间吧。

那一天，整个世界仿佛都沉浸在欢乐祥和的新年氛围里。我真的觉得很幸福。你爸爸看起来心情也很不错。

"要是一年之中的每一天都能像今天这样就好了。一想到要工作，真的好烦啊。"

"嘿，别像个大叔一样愁眉苦脸啦，今天就让我们开开心心玩吧！"

人们的笑声从四面八方传来。那一刻，我好想就这样直到天亮。不，我希望就这样直到永远。

你爸爸的想法肯定也一样。

"喂，赵恩佑。"

"怎么了？"

"好喜欢像今天这样和你在一起。"

真的，那一刻我真的很幸福、很快乐。说实话，那一刻你爸爸还挺帅气的呢。显哲这个人真不赖。不，应该说非常优秀。恩佑妹妹，有显哲做你爸爸，你应该感到幸运。我是说真的，相信我，你爸爸真的是个很不错的人。

哇哦，再过两年，韩国和日本就要共同举办"世界杯"了。

好兴奋呀！而且，再过两年就是我彻底翻身的日子！也是你出生的年份！哇！

对了，我换了一支钢笔。怎么样，笔迹有没有深一些？好奇怪，我明明写得很清楚呀，怎么到了你那里字迹就变模糊了呢？

迎来千禧之年的姐姐
2000年1月2日

写给来到了 21 世纪的姐姐

姐姐！祝贺你终于来到了 21 世纪！

再过两年，我就跟姐姐生活在同一个世界了，对吧？姐姐那个世界的时间流速比我这里快多了，说不定我这封信寄到的时候，姐姐已经见到我了呢。

那时我应该是个刚出生的只会扭来扭去的婴儿，姐姐站在一旁，一脸惊讶地看着我。

真的很神奇，人与人之间的缘分到底是怎么产生的呢？

我们明明素不相识，可姐姐为了帮我找到爸爸，不知不觉间竟然和我爸爸成了好朋友。

就这样，姐姐顺利地进入了我的世界。

最近我正努力在社交软件上寻找姐姐的身影。在网络发达的今天，想找到一个人尚且如此困难，姐姐仅凭着名字和照片就帮我找到了我爸爸，可想而知有多不容易。

对了，有一个重磅消息要告诉你。

我收到了我爸爸的信。

姐姐还记得最开始让我们实现通信的"慢递邮箱"吗？原来那时我爸爸也给我写了一封信。

也不知道我爸爸怎么有那么多话要说，信封里是厚厚的一沓信纸。想到信里全是与我妈妈有关的事，我的心情有些复杂，所以我还没有拆开看——尽管我只要一拆开这封信，就能揭开我妈妈身上的秘密。我打算先给姐姐写封信整理好心情，再读我爸爸的信。

我有没有说过我最近跟我爸爸的关系还不错？

我不光跟他一起去了游乐园，一起逛了街，还一起看了电影。一开始的时候我尴尬极了，感觉他好像变成了另外一个人。

不过现在我已经慢慢习惯了这种感觉。我爸爸还讲了很多我小时候的事，而且没等我问，他就主动提起了我妈妈。

他说我妈妈非常漂亮。

我真的很开心，我爸爸终于主动跟我讲我妈妈的事了。不过就在我期待接下来的内容时，他却没有继续说下去，只是跟我说对不起。

他说，对不起，没有早早告诉我。

他说，对不起，一切的一切。

姐姐，说对不起的是我爸爸，为什么我却这么难过呢？为什么我的心会这么痛呢？之前我真的很讨厌他，可现在看到他难过的样子，我的心却如此沉重。

我决定按照姐姐说的，试着跟我爸爸好好相处。我打算把我的"独立生活计划"也告诉他。如果他反对的话，我就把计划往后推，前提是他得拿出反对的理由来说服我。

我打算今天我爸爸一回家，我就问他关于姐姐的事。我有一种预感，没准姐姐和我很快就要见面了。

至于要不要和那个女人好好相处，我还得再考虑考虑。那个女人跟我想象中的妈妈还是有很大差距的。她马上就要跟我爸爸结婚了，却还是毛手毛脚的，她的厨艺甚至比我那不怎么会做饭的爸爸还要差。她居然连方便面都不会煮，动不动就来我家，说自己肚子饿，缠着我给她煮方便面。我问她：

"你都多大了，难道从没煮过方便面吗？"

她厚着脸皮说道：

"我小时候为了当警察，每天只知道学习；等当上了警察，我又每天忙着跟那些青少年周旋，哪里有时间煮面吃。"

"能有多少误入歧途的青少年等着你去拯救啊？就算是找借口，也要找个像样的吧？"

"其实你从心底里就不相信别人吧？"

我的天，姐姐，那个女人真是这样说的，她说我"从心底里就不相信别人"。听了这话，我能善罢甘休吗？当然不能！

"连煮方便面的时间都没有的大忙人，是怎么跟我爸爸走到一起的？你觉得这说得通吗？"

"最开始我们只是朋友。过了很长一段时间后，我们再次相遇是因为工作——不是恋爱，是工作。"

那个女人之前还说不想聊自己的私生活呢，现在却跟我讲起了她跟爸爸的故事。说实话，我本来不太想听，不过听着听着我的心也变得柔软起来。

她和我爸爸是上大学时的朋友，所以她也认识我妈妈。虽然不知道为什么姐姐会错把她当成我妈妈，不过她说，当时她和我爸爸绝对没有在一起。

我和她约好了，如果我看完爸爸的信后还有疑惑的话，她会一五一十地全告诉我。这样看来，她好像也不是特别坏。

她和我爸爸是因为青少年心理辅导活动重逢的。一般都是青少年申请心理辅导，可有一个人却问能不能给学生家长做辅导。

他说他有一个女儿，可他平时太忙了，没时间照顾她。他很想靠近女儿，却不知道该怎么办。

于是，她开始定期对我爸爸进行电话辅导。直到有一天，我爸爸来到了警察局，他们见面之后才发现两人居然是大学时期的好朋友。一开始那个女人大大咧咧地来到我家，也是因为她把我爸爸当成好朋友。

她跟我爸爸见面聊天的内容全都与我有关。她说我爸爸的烦恼全都来源于我——恩佑做出了这样的举动，我该怎么办？恩佑做了那样的事，我又该怎么办？诸如此类。

有一天，那个女人建议我爸爸跟我聊一聊我妈妈的事。我爸爸也觉得应该跟我聊一聊，可是却不知道该从哪里说起。就这样今天推明天、明天推后天，我跟他的关系也越来越疏远。

用"慢递邮箱"寄信是那个女人想出来的主意。她让我爸爸把一切都写在信里，并在信送到我手上之前努力跟我亲近起来，所以那次她才会说到"信"。她说完之后，还问我这是不是个绝妙的主意，并且自顾自地夸赞起自己来。

我当时哪里知道这些啊，还以为她偷看了姐姐和我的信呢。

"那当时那句话是什么意思？就是那句'反正你以后会喜欢我的'。"

"啊，那句话啊……"

由于她当时说话的语气实在是太自信了，我以为她肯定知道些什么。可你知道她是怎么回答的吗？

"那些离家出走后吃了不少苦头的小屁孩，刚开始面对我的时候都把我当成仇人，可一旦为我的魅力所折服，就都离不开我了，最后都会喜欢上我。你不是也已经喜欢上我了吗?"

这又是哪里来的谜之自信呢?总之,她就是个奇怪的女人。

跟那个女人聊了好一阵子之后,我突然想起了我爸爸的话。

他是第一次做爸爸,所以很好奇像我这个年纪的女孩到底在想些什么。

当时我心里还想,不光他是第一次做爸爸,我也是第一次做女儿啊,所以我万分怨恨他。可听完那个女人的话后,我开始觉得有些对不起他了。原来他一直在努力啊,而我却像个傻瓜,一直没有发现……

姐姐,你知道吗?这种感觉就像我跟我爸爸站在一条路的两端,然后朝着对方前进。有一天我停下了脚步,却埋怨我爸爸怎么不快点过来,为什么要离我那么远。

因为我停下了脚步,所以我爸爸必须连该我走的那段路也一起走完。尽管路途如此遥远,我爸爸却一句牢骚都没有发,只是默默地朝着我走来。

姐姐说对了。我爸爸远比我想象的要好,能成为他的女儿,是我的幸运。

幸好姐姐告诉了我这些。

我一直都很感激你。

姐姐,最近不知道为什么,我心里总有些奇怪的感觉。每当姐姐的信来晚了,或者看到姐姐的信又模糊了一些,我就会很不安。

这次姐姐的信就像被人用橡皮擦过一样,特别模糊,需要认真地盯着看好长时间才能看清。

姐姐生活的世界跟我生活的世界明明已经很接近了,为什么姐姐的字迹却越来越模糊呢?

姐姐,你会一直在的吧?

对姐姐心存感激的恩佑

2018 年 1 月 4 日

写给女儿

恩佑,是爸爸。你应该被吓到了吧?

说起来,我好像从来都没有给你写过信呢,反倒是你小时候常常给我写信。

我还记得你的第一封信。你在你最喜欢的黄色信纸上,用歪歪扭扭的字迹写下了"我爱你"三个字。这三个字从那时起就刻在爸爸的胸口,永远都不会被抹去。你用小小的手写下了如此珍贵的信,可我却连回信都没给你写。爸爸真是个不称职的爸爸啊。

那时候也不知道为什么,我只要看到你就会感到害怕。身为爸爸,居然会害怕自己的女儿……所以我能理解你的心情,只不过是装作不知道罢了。

其实我知道,年纪尚小的你自然会想念妈妈,可我却没法跟你提起她。这并不是因为讨厌你,更不是想从你心里抢走妈妈。

我只是想尽可能地拖延时间。现在该说了吧？这次真的要说了吗……我在心中纠结了成百上千次，可每次一看到你那张跟你妈妈很像的脸，我就失去了开口的勇气。

从哪里说起好呢？怎么说才好呢？过去我曾无数次幻想这个时刻的到来，可当它真的到来的时候，我脑子里却一片空白。

你妈妈和我是好朋友，我们认识的方式有些特别。没错，你妈妈是个很特别的人，像你一样。

跟你妈妈在一起的日子里，我总是很开心，她是个会让身边的人感到快乐的女孩子。

因为她实在是太好了，所以我自卑过，觉得她应该遇到比我更好的人。

后来我才意识到，我根本没法看着她走向别人。直到如今，我和她一起迎接千禧年到来的情景在我的记忆里依然鲜活。那天，我还在许愿卡上偷偷写下了希望跟她结婚的心愿。当时，我其实也不确定自己是不是最适合她的那个人，可我有信心让她成为世界上最幸福的人。

唉，没准是我太贪心了。跟你妈妈在一起的时候，我才是世界上最幸福的人。没错，是我太贪心了，所以最后我才没能保护好她。

我不由得想起了你来到我们身边的那一天。

知道你在你妈妈肚子里的那天，你妈妈拉着我的手，用世界上最幸福的表情，祝贺我成了一个帅气的爸爸。

你妈妈在为你挑选婴儿用品的时候，选的全都是女孩子喜欢的东西。我问她，假如肚子里的孩子是儿子怎么办。她坚定地摇了摇头。你妈妈非常确信我们会有一个漂亮的女儿。是不是很神奇？

你妈妈说，看着你在她肚子里一点点长大，是世界上最幸福的事。我们举办了自己的庆祝仪式，一直唱啊、跳啊，笑个不停，甚至惹得邻居都要去投诉了。那时候我每天都很幸福。

你的名字也是妈妈取的。

恩佑。

跟你妈妈的名字一模一样。你妈妈说，给你取这个名字的话,无论何时何地,她都能找到你。

我和你妈妈有过很多幻想。我们幻想过我们一家三口坐在客厅里看电视、吃水果的情景;幻想过你进入青春期,跟我们闹别扭的情景;幻想过有一天我们的心肝宝贝把喜欢的人带回家的情景;也幻想过你穿上婚纱,走进礼堂的情景。

恩佑,在爸爸的诸多幻想里,从来没有一个情景是你妈妈离开了我们。正因为这样,独自留在这个世界的我才如此痛苦。

你妈妈得了癌症,可我一直都没有发现。当时看着你妈妈越来越瘦,我还以为只是因为孕吐。我太让人寒心了。心爱的人生命已经进入倒计时,我却毫不知情。我是个没用的人,我甚至连把这些告诉你的勇气都没有。

当我发现你妈妈向我隐瞒了自己生病的事时,我觉得自己是这个世界上最没用的人。难道我就这么不值得信任吗?她为什么要自己默默忍受痛苦呢?

后来我才知道,治疗癌症需要放弃肚子里的孩子。你妈妈没办法放弃你,所以才选择默默忍受痛苦。

一开始，我真的很怨恨你妈妈。为什么要让我成为这个世界上最没用的人？为什么不能让我来守护我爱的人？为什么不让我一同分担痛苦？

怨恨过后，我开始责怪自己。当你妈妈日渐消瘦，甚至连饭都吃不下的时候，我怎么一点都没看出来呢？

医生说，如果你妈妈要做手术的话，就要进行抗癌治疗。这就意味着，你和你妈妈只能留下一个。医生的话对我来说简直是晴天霹雳，当时的情景我到现在都忘不了。那段时间我每天都在祈祷，我甚至愿意用自己的生命来换取你和你妈妈的健康。

我决定说服你妈妈接受治疗。

我劝她说，等身体好了，她还可以再生孩子。可哪怕癌细胞在慢慢吞噬她的生命，她也没有一丝一毫的犹豫。

你出生的那天，你妈妈的生命也走到了尽头。我实在没办法欢迎你的到来，甚至觉得是你夺走了你妈妈的生命。每到你生日那天，我都会想起你妈妈，无一例外，所以我一次都没有为你庆祝生日。现在一想到这件事，我就十分后悔。

不过，当小小的你跌跌撞撞走向我的时候，当你用小手拉着我的手看向我的时候，我也会想，或许你妈妈的选择是对的。在我眼里，你真的是个很漂亮的小孩子，浑身上下都闪烁着耀眼的光芒。

你第一次喊我爸爸的那一天，你迈出第一步的那一天，你学会骑自行车的那一天，你上小学的那一天……在这样的日子，我既高兴又难过。我常常想，要是你妈妈还在就好了，她一定会用特别的方式为你庆祝。每次一想到这里，我就高兴不起来，就连因为你而感到幸福时，我也会萌生对你妈妈的愧疚。

你学会走路没多久，有一次我开车载着你遭遇了车祸，你漂亮的额头上留下了一道疤痕。都是我的错。那一刻的恐惧深深地刻在了我心里。我真的很害怕，怕最后我连你也保护不了。

我永远都忘不掉你妈妈。由于对她的愧疚太深，我甚至害怕起你来。正是这种深深的愧疚，让我和你越走越远。

恩佑，爸爸从来没有好好叫过你的名字，因为每次喊你的名字时，我都会想起你妈妈。我害怕你长大，害怕你问起你妈妈，更害怕看到你那张和你妈妈越来越像的脸。

同时，我也很害怕我心中的恐惧和痛苦会传递给你，更害怕你会自责。因此，我决定保守这个秘密。比起让你承受痛苦，我更愿意你什么都不知道。

可是，恩佑，爸爸一直在默默地关心你啊。每当看到你黯然神伤的样子，我都会一整天坐立不安，什么都干不了。我真想马上奔到你的身旁拥抱你，但我做不到。我好怕我一靠近你，你就像你妈妈一样，从我身边消失。

我一直盼着你长大。等你再大一些，你是不是就能理解爸爸内心的痛苦，也能理解你妈妈当时的选择了呢？所以，再等等吧，再等等。

就这样，我等了十五年。

当我意识到你因为我这些愚蠢的想法而感到痛苦时，你已经渐渐远离我，自己一个人慢慢长大了。随着你不断长大，我们之间的距离越来越远，可爸爸不知道怎样做才能再次走近你。

爸爸太坏了，我不光抢走了你妈妈，还让你失去了跟你妈妈的亲人见面的机会。你的外公外婆现在在德国，他们很想念你。过去的十五年间，他们经常写信来打听你的情况。他们说，只要你愿意，他们可以随时飞回来看你，所以你什么时候准备好了，就告诉爸爸吧。他们会像妈妈一样爱你的。

我可怜的女儿，我清楚地知道当你知晓一切之后，内心将遭受怎样的重创，所以我一直开不了口。

算了吧，或许这只是我的借口。只有这样，我才能把与你妈妈有关的物品和记忆一同封存起来。

时隔十五年，我再次翻出了你妈妈的遗物。之前我一直不愿接受你妈妈已经离开的事实，所以没有好好地整理过她的遗物。这次，我在你妈妈的日记本里发现了一封之前我没有注意到的信，信封上写着"恩佑（收）"，我想这一定是她写给你的信吧。你妈妈始终没有放弃你，哪怕在她生命的最后一刻。

恩佑，原来爸爸一直在你身边打转，却始终没有靠近你。我真傻啊，我还以为我做到了我能为你做的一切。对不起，我没能成为你的好爸爸。对不起，请原谅我一直是个胆小鬼。

我知道,现在道歉已经晚了。不过,希望这封信能成为打开你心房的一把钥匙。

在"慢递邮箱"旁写信的爸爸

2017年1月2日

没能寄出的信：写给恩佑

恩佑。

你好呀。最近过得好吗？

我每天都在苦苦等待你的来信，可不知道从什么时候开始，我就再也收不到你的信了。

就这样等着等着，没想到时间已经过去这么久了。我最近又翻出了你之前写给我的信，重新读了一遍。我当然知道，你的信可能会毫无征兆地突然中断，就像它当初毫无征兆地突然出现那样。早知道这样，我真应该多写一些。

你最近没什么事吧？身体还好吗？过得怎么样？还不错吧？

问题是不是有点多？不过你要理解我，这些问题我已经精简过了。其实我心里还有一千个、一万个问题想问你呢。

我有太多的话想对你说，不过这封信应该是我给你写的最后一封信了。我出了点小状况。

我还记得你最后寄来的那封信的内容，当时你正打算读你爸爸的信，内心一半担忧一半激动。

不过，我对显哲那蹩脚的写作能力可一点信心都没有。我不知道他会怎么跟你解释，也不知道他会写些什么，不过可以确定的是，他一定会说，你是这个世界上最特别的孩子。

我想起了我第一次收到你的信时的反应。

真是太神奇了！现在想起来我都不敢相信，这件事情居然真的发生在我们身上了。从那以后，不可思议的事情接二连三地发生。

当时我们怎么就没有想到呢？

或许，是因为人们总是把生活中的奇迹看作理所应当的事吧。

家人之间的见面，再普通不过的晚餐，有笑有泪的日常……这些平凡的事情，对有些人来说或许就是奇迹，只是我们没有意识到罢了。

恩佑，我生病了。

生病之后我才发现，我后悔的事情实在太多了。我为什么没有认出你呢？要是我早点认出你就好了。

刚开始，我总是在抱怨得癌症这种事为什么会发生在我身上。是因为我哪里做得不好？是因为我的心思太坏了？还是因为我没听你的话，喝了太多的酒？这个世界上那么多坏人都还活得好好的，为什么偏偏是我得了绝症呢？

我整日生活在怨恨和懊悔之中，可我连该怨谁都不知道。后来，我想到了你。

我的恩佑。

在未来等着我的宝贝女儿。

我怕自己的心情会影响到你，所以我不再悲伤。每天，我都能通过胎动，不止一次地感受到肚子里的小小生命——你。

后来，就像拼上了最后一块拼图碎片，我终于明白了这一切到底是怎么回事。

我终于明白，你的信为什么能穿越时空，来到我的手中。

你我生活的时空，跨越一切障碍，神奇地把你和我联系在一起。

我真的满怀感激。

万一，我是说万一，我们不能见面，你也不用悲伤，因为从第一封信开始，奇迹就已出现。

我一点都不后悔做这样的选择，因为我知道，你会在一群很好的人身边怀抱着美好的梦想好好长大，成为一个很棒的人。虽然很遗憾，我不能亲眼看到这一切，不过你的信足以支撑我挺过那些难熬的时刻。

恩佑，你不要恨你爸爸。你知道的，你爸爸其实是个内心柔软的人，他是因为太心痛、太难受，才会那样做的。没有人比你爸爸更爱你。你不要自己一个人难受，去找你爸爸吧。不管发生什么，他都会守护你的。

如果你能看到这封信，你能不能帮我跟你爸爸说声对不起？很抱歉，把他一个人留在这个世界上了。很抱歉，我不能做那个在他身边帮他倒酒的人了。

恩佑，我的女儿，我的朋友，我未来的希望。

在我生命的最后时刻，我会心怀感激，默默祈祷。我不是要祈求老天爷让我再多活几天，而是要感谢他让我和你相遇。

"老天爷，感谢你让我用肚子抱着我的女儿，感受她的心跳。因为有你的关怀，我才遇到我的宝贝女儿。谢谢你让我知道，我的女儿将会带着美好的梦想，好好生活下去。"

恩佑，虽然我和你从未以母女的身份相处，但是我们曾以多种身份相伴，这样就足够了。

我每天都在祈祷。假如，我是说假如，老天爷还能再多给我一点点时间……我希望能看看你的脸。

哪怕只看一眼也好。

我会陪在你的身边。

我会成为一缕微风，拂过你的头发；在你难过的日子里，我会化为泪水，抚摸你的脸庞。

你走进学校时，你考出好成绩时，你和朋友吵架时……你开心的时刻，你难过的时刻，我都会陪在你的身边。

像过去一样,像这些信一样,妈妈会一直在你的身边。

我一定会穿越世界,向你而来。

在温暖的地方守护着你的妈妈

2002 年 11 月 16 日

写给所有人的一封信

大家最近过得怎么样？最近我这里的天气突然变冷了。刚开始写这个故事的时候还是温暖的春天，不知不觉时间已经过去那么久了。每当我做喜欢的事情时，时间就过得飞快。看来时间也嫉妒我呢。

起初，我只是想写一个关于家庭的故事。家人到底是怎样的存在呢？为什么会让人又喜欢又讨厌又牵挂？为什么有时候看起来对对方漠不关心，心底却情绪汹涌呢？如果没有遇到恩佑的话，或许到现在我都还没找到答案。

我想起了第一次见到恩佑的情景。她一边嘟囔，一边从我身旁走过，她爸爸脚步拖沓地跟在她身后。两个人不知道是不是吵架了，一句话也不说，始终保持着一定的距离向前走。我默默地观察着他们。他们分别看向不同的方向——恩佑看向远方，她爸爸则在她身后默默地看着她的背影。恩佑知道这个事实吗？

故事由此开始，不知不觉已经到了尾声。在创作这个故事的过程中，有太多人给过我帮助。首先我要向恩佑表示感谢。感谢她听我讲完这个令人不可思议的故事，并且在我写作期间一次都没发火。多亏了她，我才度过了一段十分愉快的日子。

另外，感谢文学村出版社的相关负责人，你们的努力就像"魔法邮箱"一样，把这个故事送到了读者面前。请接受我深深的谢意和大大的爱心♡。最后，我想对我的家人说，谢谢你们，你们一直是我生命中的奇迹。

感谢大家读到了最后。大家以后也要好好生活啊。

李花儿　敬上
2018年1月

세계를 건너 너에게 갈게 (I WILL CROSS TIME FOR YOU)
Copyright © 2018 by 이꽃님 (Lee, Kkoch-nim 李花儿)
Copyright © Cover Illustration by 최도은 (Choi Doeun 崔陶隐)
All rights reserved.
Simplified Chinese Copyright © 2024 by Beijing Science and Technology Publishing Co., Ltd.
Simplified Chinese language is arranged with Munhakdongne Publishing Corp. through Eric Yang Agency

著作权合同登记号　图字：01-2024-1159

图书在版编目（CIP）数据

和妈妈告别前的41封信 /（韩）李花儿著；曹梦玥译. —北京：北京科学技术出版社，2024.6

ISBN 978-7-5714-3803-6

Ⅰ. ①和… Ⅱ. ①李… ②曹… Ⅲ. ①儿童小说－长篇小说－韩国－现代 Ⅳ. ①I312.684

中国国家版本馆CIP数据核字(2024)第092260号

策划编辑：周孟瑶		电　话：	0086-10-66135495（总编室）	
责任编辑：郑京华			0086-10-66113227（发行部）	
封面设计：辛　洋		网　址：	www.bkydw.cn	
图文制作：辛　洋		印　刷：	北京顶佳世纪印刷有限公司	
责任印制：李　茗		开　本：	889 mm×1194 mm　1/32	
出版人：曾庆宇		字　数：	106千字	
出版发行：北京科学技术出版社		印　张：	7.25	
社　址：北京西直门南大街16号		版　次：	2024年6月第1版	
邮政编码：100035		印　次：	2024年6月第1次印刷	

ISBN 978-7-5714-3803-6

定　价：69.00元

京科版图书，版权所有，侵权必究。
京科版图书，印装差错，负责退换。